www.tredition.de

Das Buch

Wenn ich nachts wachliege, purzeln Buchstaben in Form von Geschichten auf meinen Schreibblock.

Dann reisen Elefanten mit den Wolken und Dornröschen kehrt an den Ort der Glückseligkeit zurück. Ist Ihnen der Muthase bereits begegnet? Zum Schluss ein gut gemeinter Rat an die Leserinnen für das Joggen im Wald: Glaube nie, du bist allein!

17 literarische Geschichten aus der eigenen Feder zum Thema ›auf das Herz hören‹: Humorvoll, inspirierend, zauberhaft, nachdenklich, romantisch und . .

Die Autorin

Angela Thormann wuchs in Norddeutschland auf. Seit mehreren Jahrzehnten lebt sie in Bayern. Bereits während des Anglistikstudiums faszinierten sie amerikanische und englische Kurzgeschichten. Ihre Liebe gilt dem Schreiben von Kurzgeschichten. Sie veranstaltet eigene Seminare zur Persönlichkeitsentfaltung und arbeitet als Coach in sowie mit der Natur. Menschen zu ermutigen, dem eigenen Herzen zu vertrauen und an Träume zu glauben, sind ihre Themen.

Mehr Informationen unter: www.angelathormann.de

Angela Thormann

Elefanten, die mit den Wolken reisen

✰ *Erzählungen zur Stimme des Herzens* ✰

www.tredition.de

© 2017 Angela Thormann

Verlag und Druck: tredition GmbH, Grindelallee 188, 20144 Hamburg

ISBN
Paperback: 978-3-7439-2447-5
Hardcover: 978-3-7439-2448-2
e-Book: 978-3-7439-2449-9

Das Werk, einschließlich seiner Teile, ist urheberrechtlich geschützt. Jede Verwertung ist ohne Zustimmung des Verlages und des Autors unzulässig. Dies gilt insbesondere für die elektronische oder sonstige Vervielfältigung, Übersetzung, Verbreitung und öffentliche Zugänglichmachung.

Inhalt

✫ Kennen Sie den ›Wenn - Dann - Menschen‹?	*13*
✫ 438 Schritte	*20*
✫ Der Sieg des Muthasen	*28*
✫ Dornröschens Rückkehr an den Ort der Glückseligkeit	*35*
✫ Von Windhunden und Australian Shepherds	*40*
✫ Krawatten und anderes Ungemach	*49*
✫ Ein Rucksack und eine Prise Magie	*58*
✫ Träume aus rosa Tüll	*66*
✫ Elefanten, die mit den Wolken reisen	*73*
✫ Glaube nie, du bist allein!	*76*
✫ Sternentreffen am Horizont	*84*
✫ Ich liebe mich, ich liebe mich nicht, ich liebe . . .	*92*
✫ Ein Frauenflüsterer unter Vipern	*99*
✫ Das Glück lässt mich links liegen	*107*
✫ Und zum Schluss bleibt ein Kaktus	*115*
✫ Blüten im Herzen	*124*
✫ Grüße von Pippi Langstrumpf	*131*

Für Claudia, Manuel und Alexander

In uns selbst liegen die Sterne unseres Glücks.

Heinrich Heine (1797-1856)

✩ Kennen Sie den ›Wenn - Dann - Menschen‹?

Es ist gar nicht so lange her, vielleicht 20 Jahre, dass er mir das erste Mal begegnet ist. Unser Zusammentreffen war eher unspektakulär. Sie stand vor dem Schaufenster eines Reisebüros auf ein Foto mit Meer und Palmen blickend und schwärmte von einem Urlaub dort. Er schaute sie an und sagte: »Wenn wir genügend Geld haben, dann machen wir das.« Sie wissen nicht, was ich meine? Ich spreche von der neuen Spezies Mensch, die sich in den letzten Jahrzehnten fast unbemerkt von meiner Person entwickelt hat. Sicherlich ist Ihnen der Neandertaler aus dem Geschichtsunterricht ein Begriff. Er war in der Lage, mit einem Wurfholz, Vögel im Flug zu töten. Diese außerordentliche Fähigkeit haben meine Ahnen im Laufe der Evolution verloren. Was ich nicht bedauere, denn ich kaufe meine Nahrungsmittel sowieso im Supermarkt. Vor etlichen Jahrzehnten erfreute mich die Meldung der Wissenschaftler, dass in Äthiopien ein zirka drei Millionen Jahre altes weibliches Skelett gefunden wurde; von den Forschern Lucy genannt. Das Besondere an Lucy ist, dass sie vermutlich bereits einen aufrechten Gang besaß. Auf die Art und Weise gewann sie einen besseren Überblick über ihre Umgebung. Seitdem stelle ich mir die Frage: ›Ist damit der Beweis erbracht, dass die den Frauen nachgesagte Neugierde genetisch bedingt ist?‹ Als typische Vertreterin meines Geschlechts warte ich bislang auf eine mich zufriedenstellende Antwort der Medien.

Lassen Sie mich mehr vom ›Wenn-Dann-Menschen‹ erzählen: Es war einer der letzten schönen Tage im Oktober. Die Sonne lief noch einmal zur Höchstform auf. Ihre Strahlen schienen durch das bunte Laub der alten Kastanie vor dem Haus Nr. 9 in der Schmiedgasse. Zwischen den Blättern hatte eine Spinne ein feines Netz gewoben. An ihm glitzerten die Wasserperlen des Morgentaus wie kleine Diamanten. Ansonsten war alles unauffällig. Bis zu diesem 10. Oktober - um 08.08 Uhr - um genau zu sein.

Mit einem lautstarken Protestschrei kündigte Max seine Ankunft an. Er war das neue Familienmitglied der Hubers. Seine Eltern, Markus und Anna Huber, waren überglücklich. Ein paar Stunden später blickte Lukas - jetzt großer Bruder - in die Wiege.

»Können wir den umtauschen?« fragte er seinen Vater.

»Umtauschen? Warum? Du hast dir einen Bruder gewünscht.«

»Einen, mit dem ich spielen kann. Der kann gar nichts. Außerdem ist sein Gesicht ziemlich verknautscht.«

Markus Huber lachte. »Sein Gesicht wird in ein paar Stunden glatt aussehen. Bis du allerdings mit ihm spielen kannst, dauert es länger. Max muss alles erst lernen; genau wie du nach deiner Geburt.«

Lukas verzog das Gesicht und trollte sich.

Der kleine Max hatte alles mit angehört. Mochten die ihn für ein Baby halten, das nicht mitbekam, was erzählt wurde. Er nahm sich vor, alle Dinge möglichst schnell zu lernen. Als erstes war es notwendig zu wachsen. Daher trank er seine Milchflaschen im Nu leer. Seine Eltern freuten sich, dass er schnell wuchs und an Gewicht zulegte. Max wusste, dass Muskeltraining zum Laufen lernen wichtig war. Sein Bruder lief eigenständig im Zimmer hin und her. Er, Max, hatte sich ein Alarmsystem überlegt, um von einer lieben Person umhergetragen zu werden. Das bestand aus drei Stufen. Stufe 1: Nörgeln. Damit erreichte er in der Regel nicht viel. Meistens steckte seine Mutter den Kopf zur Tür herein, blickte zu ihm Richtung Bett und schloss die Tür leise wieder. Alarmstufe 2 war wirkungsvoller: Ein leises Weinen. Immerhin kamen die Mutter oder sogar Lukas an sein Bett und redeten leise zu ihm. Alarmstufe 3 war Spitze: Lautes Schreien! Sofort eilte die Mutter zu ihm und nahm ihn auf den Arm. Max verstand und begriff: Wenn ich mich laut genug bemerkbar mache, dann kommt jemand. Max strampelte so viel er konnte. Vor Erschöpfung fielen ihm danach die Augen zu.

»Was für ein lebhaftes Kind«, hörte er die Freundinnen seiner Mutter sagen, wenn sie sich über ihn beugten.

Mit lebhaft hat das wenig zu tun, dachte er bei sich. Wenn ich genügend trainiere, dann laufe ich bald. Auf dem Arm getragen zu werden, ist auf Dauer langweilig. Mein Bruder kommt überall hin. Mit dem Sprechen war es ähnlich. Alle redeten mit ihm. Er verstand jedes Wort. Die anderen verstanden jedoch ihn nicht. Er strengte sich beim Formen der Laute an.

»Hör, er hat Hammer gesagt«, sagte sein Vater, der gerade einen Nagel in die Wand schlug, stolz zu seiner Frau.

»Unsinn, das hieß Mama.«

Jahre später hörte er im Gespräch seiner Mutter mit einer Nachbarin, dass seine Mutter ein schönes Kleid für das bevorstehende Gartenfest suchte. ›Schnipp, schnapp, schnapp.‹ Max legte die Schere auf die Seite und betrachtete sein Werk mit Wohlgefallen. Im Handumdrehen hatte er aus dem langen Kleid seiner Mutter ein kurzes gezaubert. Wenn sie ein schönes Kleid wollte, dann hatte sie jetzt eins. Es war schon immer ihr Lieblingskleid gewesen. Warum war sie nicht selbst auf den Gedanken gekommen?

»Wenn du das noch einmal machst, dann wirst du mich kennenlernen«, schimpfte sie.

In der Schule saß Max neben Julius. Sie hatten sich während des Unterrichts eine Menge zu erzählen.

Der Lehrer donnerte: »Wenn ihr nicht gleich still seid, dann trage ich euch ins Klassenbuch ein.«

Im Laufe der Jahre häuften sich negative Erfahrungen. Max hätte gerne eine Lehre in der Autowerkstatt in seinem Dorf gemacht. Schon von klein auf schraubte er an Autos herum, zunächst an seinen Spielzeugautos. Aus der Sicht seiner Eltern waren die Autos kaputt. Dabei wollte er ausschließlich das

Innenleben der Spielzeugautos kennen lernen. ›Wenn du das noch einmal machst, dann kaufen wir dir keine Autos mehr‹, wurde ihm gesagt.

Statt Max bei der Berufswahl zu unterstützen, rieten sie ihm: ›Wenn du das Abitur bestehst, dann kannst du studieren und eine Menge Geld verdienen.‹

Jenny blickte in seine Augen und raunte ihm zu: »Wenn du dein Studium fertig hast, dann heiraten wir.« Dazu schwieg Max. Einige Jahre nach dem Studium heiratete er Julia.

Julia und Max nahmen sich vor: Wenn das Haus fertig gebaut ist, dann leisten wir uns einen Urlaub. Als es fertig war, wurde Philipp geboren. Die Arbeit erfüllte Max bereits seit langem nicht mehr. Er dachte bei sich: ›Wenn ich kündige, dann haben wir kein Geld zum Leben.‹

Ein Jahr reihte sich an das nächste. Viele ihm wichtige Dinge verschob Max auf später. Wenn er erst einmal in Rente war, dann hatte er Zeit.

Eines Nachts klingelte es an der Haustür. Max war so müde. Er blickte auf Julia. Die schlief fest und bekam nichts mit. Schlaftrunken erhob er sich und öffnete die Tür. Im fahlen Licht der Außenbeleuchtung sah er eine dunkel gekleidete Gestalt. An der Straße stand eine schwarze Limousine. Davor lehnte ein ebenfalls dunkel gekleideter Chauffeur. Der Mann vor ihm erhob die Stimme. Sie klang durchdringend wie das Trompeten eines Elefanten. Hoffentlich wachte Julia nicht auf!

Die runden Augen waren auf ihn gerichtet und blickten gleichzeitig durch Max hindurch: »Max Huber, Sie kommen mit mir!«

Im Hintergrund sah er, wie der Chauffeur die hintere Wagentür auf der Seite zum Bürgersteig öffnete.

»Nein, wieso sollte ich. Ich kenne Sie nicht. Dazu ist es mitten in der Nacht, und ich bin im Schlafanzug.«

»Ihre Lebensschnur ist zu Ende.« Sein Gegenüber überreichte ihm ein rotes Seil mit einem schwarzen Knoten am Ende. Es war sehr kurz.

Nun kennen Sie einen Ausschnitt aus dem Leben von Max Huber.

Er sitzt auf einer stark gepolsterten Wolke. 20 Meter weicher Moltonstoff waren für die Polsterung nötig. An den Seiten ist der Rand hochgezogen, damit er nicht herunter fällt. Die Lehne im Rücken lässt sich automatisch verstellen. Bei kühlem Wind wärmt ihn eine Decke aus den neuesten Hightechmaterialien. Vor den Regentropfen von oben, die den kleinen Babywolken beim Spiel manchmal aus den Händen rutschen, schützt ihn ein durchsichtiges Dach. Es geht ihm wirklich gut dort oben. Wenn die Erde nicht gerade von Smog verdeckt ist, hat er einen wundervollen Blick. Voller Sehnsucht schaut er auf sie hernieder. Er trauert all den verpassten Gelegenheiten nach. Was hatte er nicht noch alles tun wollen - später?

Als Engel ist es meine Aufgabe, zwischen den Wolken und der Erde hin- und herzufliegen. Manchmal bin ich abends von der Fliegerei total erschöpft. In solchen Momenten gönne ich mir einen Aufenthalt im Wellness-Tempel eines Fünf-Sterne-Hotels. Natürlich inkognito, denn ich habe meine Flügel abgelegt und im Koffer dabei.

✩ *438 Schritte*

Eine Nacht ohne Sterne. Dunkelheit. Am Himmel vom Wind getriebene Wolkenfetzen.

Im Zimmer brannte kein Licht. Unter der bunten Bettdecke zeichnete sich der Umriss eines Körpers ab. Die Gestalt war komplett bedeckt. Nicht einmal ein Haar schaute hervor. Bei genauem Hinsehen ließ sich eine Bewegung ausmachen, ganz winzig nur. Der Sturm peitschte den Regen gegen die Fensterscheibe. Die einzelnen, dicken Tropfen trommelten dagegen und begehrten Einlass. ›Bumm, bumm, bumm!‹ Ganze Rinnsale flossen am Fenster hinab. Das Geräusch schwoll mit dem zunehmenden Sturm zu einem Staccato an.

›Klack, klack, klack …‹ Die Fensterläden hatten sich aus der Verankerung gelöst und schlugen abwechselnd gegen die Scheibe und das Mauerwerk. Größer hätte der Kontrast zwischen drinnen und draußen nicht sein können - Stille und Hölle. Ein greller Blitz tauchte das Zimmer in taghelles Licht: Ein Schreibtisch mit einem Stuhl davor, ein Ranzen, ein Nachttisch mit einer Lampe darauf, vor dem Bett abgestellte Hausschuhe und in der Ecke ein Schaukelstuhl. Kurz darauf folgte ein Grollen, begleitet von einem lauten Krachen. Jeder auf dem Land wusste Bescheid: Der Blitz hatte sein Opfer gefunden!

Im Kinderzimmer war leises Weinen zu hören. Unter der Decke regte sich etwas. Anna presste Poldi, ihren Teddy, ganz fest an sich. Normalerweise war er in der Lage, sie zu trösten. Heute allerdings hatte er selber Angst und wollte von Anna getröstet werden.

»Du brauchst keine Angst zu haben. Das ist nur ein Gewitter. Da treffen kalte und warme Luftmassen aufeinander, die sich krachend entladen.« Anna war sieben. Das mit dem Gewitter hatte ihr der Vater erklärt.

Poldi blickte ihr tief in die Augen. An seinem Blick erkannte sie, dass ihn ihre Antwort nicht wirklich beruhigt hatte. Die naturwissenschaftliche Erklärung war eine Sache; der Regen, die klappernden Fensterläden und das Zucken der Blitze mit dem darauffolgenden Donner eine andere. Anna verspürte ein zunehmend stärker von ihr besitzergreifendes Gefühl. Es kam von ihrem Magen, genau wie damals, als sie mit den Eltern auf dem kleinen Boot zu einer Insel im Meer unterwegs war. Sie schluckte. Warum mussten die Eltern ausgerechnet heute weggefahren sein? Sicher, da die Großmutter überraschend krank geworden war, wollten sie nach dem Rechten sehen. Anna hatte keine Lust mitzufahren, denn es war nicht weit. Hätte es nicht gereicht, wenn die Mutter allein gefahren wäre? Bereits seit langem wünschte sich Anna einen Bruder. Obwohl man sich mit Brüdern oft streitet, bei Gewitter waren sie unbezahlbar.

»Poldi, du musst stark sein. Du bist bereits groß. Angst ist was für Babys. Ich habe dir genau die Zusammenhänge erklärt. Es ist ganz logisch und nichts zum Fürchten.«

Poldi wandte den Blick von ihr ab. Sie spürte trotz aller Erklärungen sein Herzklopfen.

Die Bettdecke liftete sich an einer Längsseite. Als erstes schob sich Poldi, eingekuschelt in Annas rechten Arm, heraus. Anna folgte. Mit nackten Füßen lief sie über den Fußboden und setzte sich mit dem Teddy auf dem Schoß in den Schaukelstuhl. Die große, gehäkelte Decke schlang sie um sie beide herum. Sanft setzte Anna den Schaukelstuhl in Bewegung. Als sie klein war, hatte die Mutter sich mit ihr hineingesetzt, wenn sie weinte. Sie spürte, dass Poldi lockerer wurde. Er zitterte nicht mehr. Sogar sie selbst wurde entspannter und schläfrig.

Draußen auf dem Kies hörte Anna ein Auto. Laut wurde die Autotür zugeschlagen. Sie vernahm ein Geräusch an der Haustür. Ein Einbrecher? Schnell zog sie sich die Decke über den Kopf. An einer Stelle drang ein schwacher Lichtschein zu ihr. Ein Einbrecher, der im Flur das Licht anmachte? Anna befreite ihren Kopf von der Decke. Da sah sie ihn: Ihren Vater, der im nassen Mantel mit langen Schritten in ihr Zimmer eilte. Vor dem Schaukelstuhl kniete er nieder.

»Mein Mädchen! Wie groß und tapfer du bist! Bei dem Gewitter bist du ganz allein im Haus und hast keine Angst. Als das Unwetter anfing, bin ich so schnell ich konnte, zurückgefahren. Mama ist bei Oma geblieben.«

Anna schlang die Arme um den Hals ihres Vaters und verbarg das Gesicht im großen Kragen seines Mantels. Sie sagte kein Wort.

Anna durchströmte ein Glücksgefühl. Der Abend war genau nach ihrer Vorstellung. Eine mondlose Nacht, keine Sterne. Weiter vor ihr die Bühne, die aufgrund der Lasertechnik taghell war. Rot, grün, blau, gelb - fast alle Farben erstrahlten.

»Habe ich dir zu viel versprochen?«, schrie Sebastian sie an.

»Wahnsinn«, brüllte sie mit gleicher Lautstärke zurück.

Vorne auf der Bühne spielten die Seven Rocks, die derzeit angesagteste Band. Was heißt hier spielten? Sie versetzten das Publikum in Trance. Alles um sie herum war Energie pur. Die Zuhörer sprühten vor Begeisterung und bewegten sich lebhaft zur Musik mit Elementen aus Jazz, Tango und Rock. Seit Monaten war das Konzert ausverkauft. Dass sie überhaupt Karten bekommen hatten, grenzte an ein Wunder. Möglich gemacht hatten das Sebastians besondere Kontakte. Sie war hier. Sie! Das war …. Sie fand keine Worte. Endlich nahm sie an einem Open-Air-Konzert teil. Bislang hatten ihr nur die Freundinnen davon berichtet.

»Ich danke dir«, flüsterte sie ihm ins Ohr. Sie wusste nicht, ob er sie verstanden hatte. Eine Unterhaltung in normaler Lautstärke war unmöglich. Ein Kuss versiegelte ihren Mund.

Die Band machte Pause. Halbzeit. Die Bühne wurde umgebaut. Anna und Sebastian schlenderten engumschlungen zu einem Stand und kauften zwei Gläser Sekt. Der heutige Tag war es wert, gefeiert zu werden. Während der Pause nahmen sich die Künstler Zeit für ihre Fans. Und schier unglaublich:

Die Seven Rocks ließen es zu, dass Anna und Sebastian ein Selfie von allen machten. Anna schwebte auf Wolke sieben. Wenn sie das morgen ihren Freundinnen zeigte… ›Heute ist einer dieser Tage im Leben, die so besonders und unvergesslich sind, dass man sie für immer in Erinnerung behält‹, dachte Anna. Sie schmiegte sich an Sebastian.

Das Ende des Konzerts nahte. Als der letzte Ton des Songs ›Forever‹ verklang, erhob sich ohrenbetäubender Beifall, der die Band zum Weiterspielen animieren sollte. Jedoch bedeuteten die Musiker ihrem Publikum, dass wirklich Schluss war. Nach etlichen Zugaben war es ihnen nicht zu verdenken. Danach drängten alle plötzlich nach Hause. Um Anna und Sebastian verteilte sich die Menge in verschiedene Richtungen.

»Soll ich dich nach Hause bringen?«, fragte Sebastian.

»Nein. Ich habe es nicht weit. Der Bus fährt gleich von hier.«

Gemeinsam gingen sie zur Bushaltestelle. Als der Bus kam, verabschiedeten sie sich mit einem langen Kuss. Ungeduldig hupte der Fahrer. Sebastian und Anna ließen sich los. Anna stieg vorne ein. Sie hatte eine Sitzbank für sich allein und lehnte den Kopf an die Scheibe. Die Kühle des Glases erfrischte auf angenehme Weise ihre heißen Wangen. Ganz von den Eindrücken des Abends gefangen, schloss sie die Augen und gab sich den Erinnerungen hin.

›Tannenstraße!‹

Verflixt, ihre Haltestelle. Augenblicklich war sie hellwach, griff ihre Umhängetasche und stieg aus. Sie atmete die Luft tief ein. ›Herrlich diese Nacht!‹ Aufgrund der fehlenden Lasertechnik allerdings um einiges dunkler als vorhin beim Konzert. Manchmal hatte sie aus Spaß die Schritte bis zur Haustür gezählt. Genau 438! Für Sebastian wären es aufgrund seiner längeren Beine natürlich weniger. Aus Übermut begann sie mit dem Zählen. »Eins, zwei, drei …«

Was war das? Ein Geräusch? Oder täuschte sie sich? Während des Gehens lauschte sie nach hinten. Bis nach Hause waren es nur wenige Minuten. Automatisch entfernte sie sich von den Bäumen auf der linken Seite des Bürgersteigs und drückte sich nach rechts an eine hohe Mauer. Die rechte Seite schien aus endlosen Mauern zu bestehen. Dahinter erhoben sich traumhafte Häuser. Manchmal bellte ein für Anna unsichtbarer Hund. Die Gärten hinter den Mauern boten den Tieren ausreichenden Auslauf, so dass niemand um die Zeit mit dem Vierbeiner auf der Straße Gassi ging. Sie war allein oder doch nicht? In Anna stieg ein beklemmendes Gefühl auf. Es breitete sich vom Magen weiter in ihrem Körper aus. Dazu spürte sie ihr Herz ganz oben im Hals wie wild schlagen. ›Anna, bleib` ruhig‹, sagte sie zu sich selbst. ›Das kann ganz harmlos sein. Möglicherweise hat derjenige den gleichen Heimweg. Außerdem weißt du nicht sicher, ob wirklich jemand hinter dir geht.‹

Unauffällig versuchte sie über die Schulter zu blicken. Ohne Mondlicht und Sterne ein sinnloses Unterfangen. Nichts. Vor kurzem war sie froh gewesen über den sternenlosen Nachthimmel. Und nun? Warum hatte sie Sebastians Angebot, sie heimzubringen, nicht angenommen? An seiner Seite wäre sie sicher gewesen. Sie ärgerte sich über sich selbst und beschleunigte ihre Schritte. Das Zählen hatte sie inzwischen vollkommen vergessen.

Jetzt! Sie lauschte in die Nacht. Sie hatte es deutlich gehört. Ein Knacken!

Anna erinnerte sich, dass sie als kleines Mädchen bei einem Gewitter einmal fürchterliche Angst hatte, weil sie allein daheim war. Poldi, ihr Teddy, hatte sie getröstet oder umgekehrt. So genau wusste sie es nicht mehr. Ihren Teddy besaß sie noch. Er saß zuhause in ihrem Schaukelstuhl. Poldi konnte ihr nicht helfen. Sie war damals ein kleines Mädchen gewesen. Kinder glauben daran, dass Teddys leben und mit ihnen sprechen. Genauso wie damals Poldi zu ihr sprach. Inzwischen war sie erwachsen und wusste, dass Teddys nicht sprechen können; nicht einmal ihr geliebter Poldi.

Sie lief.

Derjenige hinter ihr lief ebenfalls. Er rief etwas.

Sie verstand es nicht. Das Rauschen in ihren Ohren war zu laut. Plötzlich hatte derjenige sie eingeholt. Atemlos stand sie ihrem Verfolger gegenüber. Ein junger Mann. Er hob den Arm . . .

Anna fühlte nichts mehr. Stille. Dunkelheit.

Und hielt ihr eine Geldbörse hin. »Ich sah, wie sie Ihnen beim Aussteigen aus der Tasche fiel. Allerdings hatten Sie es sehr eilig. Ich konnte Ihnen kaum folgen.«

Anna blickte auf ihr Portemonnaie. »Danke«, flüsterte sie.

Der junge Mann ging an ihr vorbei und verschwand.

Nach exakt 88 Schritten schloss sie das Gartentor auf. Anna setzte sich auf die Stufen vor dem Eingang und weinte hemmungslos.

✩ *Der Sieg des Muthasen*

Es hätte ein schönes Zimmer in irgendeinem Haus sein können. Auf den Vorhängen spielten kleine, bunte Bären. Die gelben Wände des Raumes harmonierten zum blauen Schrank. Auf dem Tisch lag ein stark geliebter Hund; die Vorderpfoten ineinander verdreht, wie achtlos hingeworfen. Auf der Fensterbank standen in Reihe nebeneinander grüne Topfpflanzen.

Hätte … Störend waren das blendende Licht, das in den Augen schmerzte und ein Bett, von Apparaturen umgeben. Vor ihm standen zwei Personen, ein Mann und eine Frau. Ernst blickten sie auf das Bett. Unter der Bettwäsche im Bärchenmuster lag eine kleine Gestalt und schlief. Ein leichtes Zucken zeigte sich auf den Augenlidern.

»Ja, Kleines, komm zu uns. Streng dich an. Gib` nicht auf. Du schaffst es, die Augen zu öffnen«, sagte die Männerstimme.

»Sie wird es schaffen. Ich weiß es«, fügte die Frau leise hinzu.

Er und sie holten sich einen Stuhl ans Bett; die Frau saß auf der linken Seite und der Mann auf der rechten. Manchmal blickte der Mann auf seine Schuhe und betrachtete die Schuhspitzen. Von Zeit zu Zeit wippte er mit den Füßen auf und ab. Die Frau verschränkte die Finger ineinander, so dass die Handknöchel weiß hervortraten. Beide beobachteten den kleinen Körper, doch das Zucken der Augenlider hörte auf. Lange saßen sie so da. Draußen wurde es dunkel; im Raum herrschte gleißende Helligkeit. Trotzdem fielen beide nach Stunden in einen unruhigen Schlaf.

»Ich habe Durst.« Die leise und zugleich mahnende Stimme weckte beide augenblicklich.

»Ja, mein Schatz. Sicher. Gleich.«

»Mama, wo ist Benji?«

Die Frau sah sich um und reichte dem kleinen Mädchen den Stoffhund vom Tisch. Sofort wurde er von ihr mit dem linken Arm, der nicht eingegipst war, gedrückt.

»Papa, warum weinst du?«

»Weil ich glücklich bin!«

Julia warf den Kopf mit den braunen Locken in den Nacken. Wow! Heute war ihr Tag! Gerade hatte sie der Chef gefragt, ob sie sich vorstellen könne, Projektleiterin in der vor kurzem neu gegründeten Filiale zu sein. Ob sie sich das vorstellen konnte? Nicht einen Augenblick hatte sie mit der Antwort gezögert. Das war eine Auszeichnung. Sie, Julia, 25 Jahre jung und nach ihrem Studium erst seit zwei Jahren im Unternehmen tätig. Sie wurde gefragt. Was würde ihr Kollege, der dicke Huber, für Augen machen, wenn er erfuhr, dass der Chef sich für sie entschieden hatte? Nicht nur zehn Jahre jünger als er, sondern für Huber viel, viel schlimmer, eine Frau! Julia versuchte, sich sein überraschtes Gesicht vorzustellen. Er wollte ständig bei allem dabei sein. Manchmal hatte sie den Eindruck, dass er sich bei Gesprächen in der Firma absichtlich von hinten anschlich. Dabei hörte er so lange zu, bis er schließlich entdeckt wurde. Der Kollege trug die vernommenen Neuigkeiten dem Chef als seine eigenen Ideen vor. Kein Wunder, dass der Huber bei ihr und den Kollegen nicht gerade beliebt war. Über Fachwissen verfügte er jedoch. Das musste man ihm lassen.

16 Uhr. Feierabend! Im Hinausgehen grüßte Julia die Kollegen eine Spur freundlicher als sonst. Ihrem Lieblingskollegen, dem Gruber, klopfte sie sogar mit der Hand kurz auf den Schreibtisch, als sie an ihm vorbeikam. Er war mit dem PC beschäftigt und hatte sie nicht kommen sehen. Jetzt schaute er auf und meinte: »Du bist ja besonders gut drauf. Ist etwas?«

»Erzähle ich dir morgen.« Ein Tag wie dieser wollte gefeiert werden. Sie kehrte in ihrem Lieblingslokal ein.

»Du strahlst wohl mit der Sonne um die Wette«, bemerkte Luca, der Kellner.

»Ich habe allen Grund dazu. In drei Wochen arbeite ich in einem neuen Job in einer anderen Stadt.«

»Schade«, meinte Luca nur.

Die Zeit verging wie im Flug. So viel war vorzubereiten. Am Anfang wohnte sie in einem Hotel. Danach musste sie dringend eine eigene Wohnung finden. Bei den heutigen Mietpreisen eine Herausforderung. Wie erwartet, war der Huber total sauer, als er erfuhr, dass sie die Stelle bekommen hatte. Von da an ignorierte er sie. Es war ihr egal. Vielmehr erstaunte sie etwas anderes. Das anfängliche, euphorische Gefühl verflog mehr und mehr je näher der Neubeginn rückte. Hätte sie sich mehr Zeit für die Entscheidung geben sollen und nicht ihrer spontanen Eingebung folgen? Sie wusste, dass Spontaneität eine ihrer Charaktereigenschaften war. Bislang empfand sie das als Vorteil. Nun war sie sich nicht sicher.

Morgen! Morgen war es soweit. Ein letztes Mal schlief sie in ihrer Wohnung. Julia blickte aus dem Fenster auf einen Abendhimmel, an dessen Horizont die Sonne blutrot unterging. Sie ging zeitig ins Bett und schlief schlecht. Alle möglichen Bilder liefen durch ihre Träume.

Morgens stand sie früh auf. Während der Zugfahrt hatte sie Zeit, sich ihren Gedanken hinzugeben. Doch die wollten sich nicht ordnen lassen.

Die neuen Kollegen hatten sich mit ihrem neuen Chef, Herrn Walther, in der Lobby versammelt. Neugierige Augen musterten sie. Herr Walther wandte sich an Julia.

»Ich freue mich sehr, Sie, Frau Neuner, als neue Mitarbeiterin in unserem Unternehmen zu begrüßen. Jemand mit so viel Tatkraft und Organisationstalent passt gut zu uns. Später werde ich mit Ihnen durch die einzelnen Abteilungen gehen, damit Sie Ihre Kollegen genauer kennenlernen. Im Augenblick erhalten Sie die Gelegenheit, sich einen ersten Eindruck von uns zu verschaffen.«

Julia mochte Herrn Walther. Er war freundlich, fröhlich und hatte eine Ausstrahlung, die sie an ihren Vater erinnerte. Trotz der netten Worte rauschte das Blut in ihrem Kopf. Zum ersten Mal seit langem fühlte sie Angst in sich aufsteigen. Angst vor der neuen Aufgabe, ihr möglicherweise nicht gewachsen zu sein. Auch Angst vor der neuen Stadt ohne Freunde.

»Angsthase, Pfeffernase, morgen kommt der Osterhase«, hörte sie.

Gerade war Thomas, mit seinen fünf Jahren der Jüngste ihrer Freunde, im Schwimmbad vom Dreimeterbrett gesprungen. Mit stolzgeschwellter Brust baute er sich vor ihnen auf. Die Blicke der Freunde richteten sich sofort auf sie. Sie wusste warum. Als Einzige hatte sie den Sprung bislang nicht gewagt. Nicht, dass sie Angst hätte, aber, wozu sollte das gut sein? Sie wandte sich zum Gehen.

»Angsthase, Pfeffernase, morgen kommt der Osterhase«, hörte sie wieder, dieses Mal lauter.

Mit einem Ohr vernahm sie Thomas` Stimme: »Die ist ein Mädchen. Mädchen trauen sich das nicht.«

Ohne nachzudenken, machte sie kehrt und marschierte zur Treppe des Dreimeter-Sprungturms. Die Freunde folgten ihr. Entschlossen setzte sie einen Fuß auf die unterste Sprosse und hielt sich mit beiden Händen an den Seiten fest. Endlich hatte sie die oberste Stufe erreicht. Ihre Hände krampften sich um das Geländer. Wie hoch das war! Alles unten so winzig. Das Wasser eine kleine, blaue Fläche. Die Freunde schauten zu ihr hoch.

Sie sah, wie Johannes den Markus mit dem Ellenbogen freundschaftlich in die Rippen boxte und ihm etwas zuflüsterte. Die beiden blickten lachend zu ihr hoch. Sie konnte sich vorstellen, was er gesagt hatte.

›Die traut sich nicht. Typisch Mädchen!‹ Beherzt machte sie einen letzten Schritt nach vorne und stand auf der Plattform. Das Herz schlug ihr wild bis zum Hals. ›Was hatten die gesagt? Sie traute sich nicht? Sie hätte keinen Mut?‹

Sie nahm Anlauf und … sprang.

Das nächste, woran sie sich erinnerte, war, dass ihr ein äußerst unangenehmes Licht in die Augen schien und ihr Vater weinte. Ihre Mutter erzählte ihr später, dass sie sich beim Sprung lebensgefährlich verletzt hatte. Diese glaubte von Anfang an daran, dass Julia es schaffte.

Julia atmete tief durch und schaute in die Gesichter um sie herum. Mit freundlichen Worten bedankte sie sich bei allen für ihr Erscheinen und lobte ihren Chef für seine kleine Rede. Die Kollegen gingen daraufhin in ihre Büros zurück.

»Jetzt werde ich mit Ihnen eine kleine Tour durch die einzelnen Abteilungen machen. Die Kollegen können es sicherlich kaum erwarten, Ihnen ein paar Fragen zu stellen.«

Die zahlreichen neuen Namen konnte sie unmöglich alle behalten. Einen merkte sie sich jedoch auf Anhieb: Lisa Wiener. Sie wurde ihr als eine Kollegin vorgestellt, die selbst erst seit kurzem im Unternehmen arbeitete. Bei der Begrüßung lächelte die neue Mitarbeiterin Julia an. Sie war ihr auf Anhieb sympathisch. Eine Menge Eindrücke waren heute auf Julia eingestürmt. Nach der Arbeit ging sie daher nicht ins Hotel zurück, sondern schlug den Weg zum Fluss ein. Julia stand auf einer kleinen Brücke und schaute hinunter. Aufgrund des Bewuchses unter Wasser schimmerte das Wasser grün. Sie sah den Enten zu, die geschickt einige Stellen, an denen das Wasser gurgelte, umrundeten. Ihr Inneres entspannte sich. Eine Bemerkung ihrer Mutter kam ihr in den Sinn. Damals kämpfte Julia als kleines Mädchen nach einem Badeunfall um ihr junges Leben. Die Eltern sorgten sich sehr um sie und wichen im Krankenhaus nicht von ihrer Seite. Inzwischen lebte ihre Mutter nicht mehr. Wo immer sie war, Julia spürte trotzdem fast körperlich ihre Anwesenheit. Sie glaubte ein Lächeln auf ihrem Gesicht zu sehen und hörte ihre Stimme: ›Du schaffst das, mein Mädchen!‹ In ihrem Kopf tauchte das Bild von Lisa Wiener auf.

Vielleicht …?

✿ *Dornröschens Rückkehr an den Ort der Glückseligkeit*

Ein wenig trotzig stand es da. Unnahbar. Wie all die Jahre zuvor. Die Sonnenstrahlen wurden von den hellen Mauern reflektiert. Sie ließen mich für Sekundenbruchteile die Augen schließen. Uns trennte ein breiter, mit Wasser gefüllter Graben.

›Wie früher‹, dachte ich. Die Verbindung zwischen drinnen und draußen war unterbrochen. Die Zugbrücke war hochgezogen. Ich bin in dem Schloss aufgewachsen. Irgendwann wollte ich weg von dem Ort der Glückseligkeit hinaus in die Geschäftigkeit des Lebens. Nach Jahrzehnten verspürte ich zum ersten Mal den Wunsch, an den Ort meiner Kindheit zurückzukehren. Meine Eltern waren längst tot. Nie hatte es mich wirklich interessiert, was danach mit dem Schloss passierte. Es blieb in meinem Besitz. Um alles weitere kümmerten sich andere. Die Bäume am Wassergraben waren höher als damals. Wassergraben… Ich wollte hinein, nein, ich musste hinein. Warum drängte es mich plötzlich so, obwohl mich das alte Gemäuer in der Vergangenheit überhaupt nicht interessiert hatte?

Auf meiner Seite des Grabens stand ein alter Turm. Wahrscheinlich diente er ganz früher als Wachturm. Wir nutzten ihn als Abstellkammer. Meine Hand umfasste die Klinke. Sie gab nach. Ungläubig ging ich hinein. Die Augen versuchten, sich im Halbdunkel zurechtzufinden. Ich hatte sie gefunden. Die Bretter, die mir bereits seinerzeit gute Dienste geleistet hatten. Wenn ich in meiner Jugendzeit nicht zur verabredeten Zeit daheim war, zog mein Vater die Zugbrücke hoch. Strafe musste sein, fand er. Dennoch wollte er mir nicht zumuten, nachts, und vor allem zu jeder Jahreszeit, durch den Wassergraben zu schwimmen. Aus dem Grund erfand er ein Stecksystem, mit dem ich die Bretter aneinanderfügen konnte. Nie sagte er mir, dass das Hilfsmittel existierte. Er arrangierte es einfach, dass es von mir gefunden wurde. Es blieb unser kleines Geheimnis. Geübt steckte ich die Bretter aneinander. Würden sie mein Gewicht tragen? Vorsichtig stellte ich mich mit dem ersten Fuß auf das vor mir liegende. Behutsam fügte ich den anderen dazu. Perfekt! Unterhalb der Brücke am anderen Ufer ließen sich an einer Seite mehrere Steine herausnehmen. Gerade so viele, um hindurch zu schlüpfen. Im Innenhof blickte ich mich um. Das Gebäude wirkte gepflegt, nahm ich verwundert zur Kenntnis. Unerwartet öffnete sich eine Tür. Ein mir aus Kindertagen vertrautes Gesicht erschien.

»Johann!« Ich lief auf ihn zu und schmiegte den Kopf an seine Brust.

»Prinzesschen! In meinem Kopf hatte ich das Bild, dass du zurückkommst - irgendwann. Die anderen haben mir gesagt, dass das nie passieren würde. Doch ich habe ganz fest daran geglaubt. Endlich bist du da!«

Freudentränen liefen über die Wangen unseres alten Butlers. Wie oft nahm er mich in Schutz, wenn ich etwas angestellt hatte? Er hatte seine eigene Meinung zu den Dingen und ließ sich selbst von meinem Vater nicht davon abbringen, wenn er sie für richtig hielt.

»Schau` dich in Ruhe um. Danach komm` zu mir ins Haus. Du musst mir alles erzählen.«

Ich hatte erwartet, den Garten verwildert vorzufinden. Nichts dergleichen. Die Äste der Rose am Spalier zum Eingang des Gartens raunten mir zu:

»Erinnerst du dich, wie oft du einen Strauß mit unseren roten Blüten für dein Zimmer gepflückt hast?«

»Der Duft war einfach zu verführerisch. Oftmals haben mich die Dornen verletzt.«

»Du kanntest das rechte Maß nicht.«

Ich ging weiter. Vor mir lag der Schlossteich, in einem Bett aus rosafarbenen Seerosen ruhend.

»Schön, dich nach so langer Zeit zu sehen. Du gehörst in das Schloss deiner Väter. Es war mutig von dir damals wegzugehen, um deine Ziele zu verwirklichen. Erinnerst du dich? In meinem Wasser hast du schwimmen gelernt.«

Am Ufer legte ich mich ins weiche Gras. Unvermittelt vernahm ich neben mir eine Stimme:

»Nimm` die Sonnencreme aus deinem Rucksack und creme mir den Rücken ein!«

Meine Augen erblickten ein Herz, dessen Zehen mit den Grashalmen spielten. Ein Herz, … mein Herz? Dann …

»Du bist nicht tot«, hörte ich. »Wir beide haben eine starke

Verbindung, obwohl ich momentan außerhalb deines Körpers bin.«

Es las meine Gedanken!

»Ich muss mich ausruhen und die Sonne genießen.«

Das Herz streckte sich. Nie zuvor hatte ich es fordernd erlebt.

»Ich mache gerne meine Arbeit. Doch ich will gehört werden. Du hast mir in der Vergangenheit kaum Luft zum Atmen gelassen.«

Aufmerksam lauschte ich nach innen. Selten hatte ich mich in meinem bisherigen Leben auf den Augenblick konzentriert. Es gab so viel zu tun. Jeden Tag! Hatte ich die Stimme meines Herzens wirklich nie bemerkt?

»Natürlich hast du mich gehört - und ignoriert. Erinnerst du dich? Als du dich für ein Jurastudium entschlossen hattest? Ich habe dir gesagt, dass du in dem Beruf nicht glücklich wirst. Bist du glücklich?«

Ungern dachte ich an die schlaflosen Nächte vor meiner Entscheidung zurück. Seit Generationen gab es in meiner Familie ausschließlich Juristen und Banker. Wie hätte ich stattdessen so egoistisch sein können, meinen Traum als Gartendesignerin zu verwirklichen? Damit wäre ich bestimmt nicht so erfolgreich geworden wie jetzt als Juristin oder täuschte ich mich möglicherweise? Ich spürte einen Stich in der Herzgegend, ganz zart nur, kaum wahrnehmbar. Darüber hinaus waren meine Eltern ebenfalls der Meinung, dass den ganzen Tag in der Erde herumzuwühlen, nichts für mich war. ›Eine Prinzessin mit ständig schwarzen Fingernägeln. Stelle dir das einmal vor, mein Kind‹, war der Kommentar meiner Mutter. Dazu schürzte sie die Lippen. Zwischen den Augenbrauen erschien eine tiefe Falte in dem sonst makellosen Gesicht. Müde erhob ich mich und ging Richtung Schloss. Die Mauern waren aus großen Quadern zusammengefügt. Sie waren sehr dick.

»Erinnerst du dich, wie geborgen du dich hinter uns gefühlt hast? Wir haben dich vor allem beschützt«, riefen sie mir zu.

›Dermaßen geschützt, dass ich mich irgendwann lebendig begraben fühlte‹, kam es mir in den Sinn.

Am Brunnen setzte ich mich auf dessen Rand und blickte zur Putte empor. Als kleines Mädchen war es einer meiner Lieblingsplätze gewesen.

»Ach, Putte, erinnerst du dich, wie oft ich bei dir Zuflucht gesucht habe, wenn das Schlossgespenst hinter mir her war?«

»Aber es gibt hier gar kein Gespenst; außer, wenn Johann seine Schlossführungen macht. Ein Familiengespenst erhöht sein Trinkgeld.« Sie zwinkerte mir zu. »Dein Gespenst waren die eigenen Gedanken, die das Herz dir schickte, wenn du auf einem Weg warst, der dir nicht guttat. Es war die Angst vor deiner inneren Stimme.«

Langsam fing ich an zu begreifen, welche Mauern mich begrenzt hatten.

✪ Von Windhunden und Australian Shepherds

Er trat näher an den Spiegel im Badezimmer heran. Die Augen hatten die Farbe eines Bernsteins. Die Haare! Mit ihnen war er nicht zufrieden. Für einen Friseurbesuch reichte die Zeit heute Morgen nicht. An den Haarwurzeln waren die Haare blond und liefen an den Spitzen in einem dunklen Anthrazit aus. Mit einer geschmeidigen Bewegung klemmte er ein paar Haarsträhnen hinter die Ohren. Nach dem kräftigen Durchbürsten verteilte er einen Hauch Haarspray auf die Spitzen.

Bei der Einfahrt auf den Parkplatz kam das Firmengebäude in Sicht. ›A-Variety‹ prangte in großen Lettern über dem Eingang. Beim Abschließen des Autos blickte er an den fünf Stockwerken hoch. Seine Schultern strafften sich. Langsam und kraftvoll zugleich schritt er die breite Eingangstreppe neben dem Brunnen empor.

Ihre großen, blauen Augen ruhten auf ihm. Sie hatte ihn bereits entdeckt.

»Guten Morgen, Herr Dr. Löwe.«

»Guten Morgen, Frau Katze«, grüßte er mit ebenso freundlicher Stimme zurück. Für den Empfang konnte er sich keine bessere Besetzung wünschen. Ihr entging nichts. Unter seinem Blick streckte sie ihren Rücken. Die aufgerichteten Ohren zeigten in seine Richtung. Ihr silbergrauer Schwanz mit der schwarzen Schwanzspitze ruhte locker auf dem Tisch neben der Tastatur. Die langen, grauen Haare fielen weich um ihr Gesicht. Sie war eine elegante Erscheinung. »Wenn Herr Dr. King sich bei Ihnen meldet, führen Sie ihn bitte sofort in mein Büro. Er wollte gegen 10 Uhr da sein.«

»Selbstverständlich, Herr Doktor.«

Auf dem Flur kam ihm Frau Maus entgegen. Ihr genauer Name war ihm entfallen. Er wusste nicht, war es Frau Feldmaus, Frau Erdmaus oder Frau Hausmaus. Sie waren einander so ähnlich. Schnell ging er ihr aus dem Weg, denn sie bemühte sich mit mehreren Kolleginnen, den Wagen mit der Hauspost zu schieben.

»Ihre Post, Herr Dr. Löwe, habe ich Ihnen bereits auf den Schreibtisch gelegt«, rief sie ihm nach.

»Vielen Dank«, erwiderte er über die Schulter. Die Tür der Abteilung, in der die Post frankiert wurde, stand weit offen. Er blieb stehen und beobachtete das Treiben. Die Schnecken waren dabei, Briefmarken auf die Umschläge zu kleben. Sie waren sich der Bedeutung ihrer Aufgabe durchaus bewusst, trotzdem herrschte eine große Ruhe. Während des Tages kam er manchmal hierher, um den Stress um sich herum zu vergessen. Als er die Tür zu seinem Büro öffnete, saß auf einem Sessel bereits Herr Hippo, einer seiner Abteilungsleiter. Alle seine Abteilungsleiter-Posten hatte er mit Nilpferden besetzt. Ihre eindrucksvolle Erscheinung sorgte für Respekt bei allen Angestellten. Sie waren zwar etwas behäbig, doch das störte in ihrer Position nicht. Da Herr Hippo und seine Kollegen Vegetarier waren, hatte er auf ihren Vorschlag hin in der Kantine ein vegetarisches Tagesgericht eingeführt. Mittlerweile nutzten andere Angestellte ebenfalls das Angebot.

Pünktlich um 10 Uhr führte Frau Katze Herrn Dr. King in sein Büro.

»Freut mich, lieber Charles, dich nach langer Zeit zu sehen. Wir Löwen müssen zusammen halten.« Freundschaftlich legte er ihm die rechte Pranke auf die Schulter.

»Wie ich hörte, willst du dir meine Firma ansehen, weil du in deinem Unternehmen umstrukturieren möchtest. Heutzutage geht es in der Wirtschaft den meisten Bossen ausschließlich um Gewinnmaximierung. Unter uns, seitdem ich meine Mitarbeiter so einsetze, wie es ihren Fähigkeiten entspricht, bin ich erfolgreicher denn je. Sie sind motiviert und feiern nicht mehr krank. Sogar die Zahl der Betriebsunfälle ist zurückgegangen. Als die Schnecken die Post verteilten, rutschten viele Kollegen auf dem Flur auf der Schleimspur aus. Die Hippos am Fließband haben damals fast die gesamte Produktion zum Erliegen gebracht. Bist du bereit für einen kleinen Rundgang?«

»Ich bin gespannt, was ich von dir lernen kann!«

»Als erstes schauen wir uns die Produktion an.« Dr. Löwe öffnete die Tür zur Produktionshalle. An den Maschinen und den Bändern standen ausschließlich Kaninchen mit rosafarbenen Ohrenschützern. Jedes ging seiner Arbeit nach und ließ sich vom Chef nicht stören. »Sie gehören alle zu einer Großfamilie.

Das ist vorteilhaft, denn sie kennen sich untereinander. Es erleichtert die Kommunikation und das Arbeitsklima ist ausgezeichnet.«

»Warum haben die rosafarbene Ohrenschützer auf?«

»Charles, du hast sicherlich davon gehört, dass Farben zum Wohlbefinden der Mitarbeiter beitragen. Die Maschinen werden hauptsächlich in schwarz oder grau geliefert. Da konnte ich nur bei wenigen Dingen Einfluss auf die Farben nehmen.«

Dr. King blickte auf den Fußboden. »Ach, deshalb ist der Boden grün. Ich hatte mich schon gewundert.«

Auf dem Weg zur Designabteilung hörten sie aus einem Raum leise Musik. Irritiert blieb Dr. King vor der Tür stehen und lauschte.

»Das sind die Grillen. Die üben für heute Abend. Wir feiern unser jährliches Betriebsfest. Die Mitarbeiter sind begeistert, wenn sie tanzen können. Also tue ich ihnen den kleinen Gefallen.«

Mit offenem Mund stand Dr. King da.

»Jetzt bin ich gespannt, was du dir für die Designabteilung hast einfallen lassen.«

Dort herrschte auf den ersten Blick das totale Chaos. Ein Affe hing kopfüber von der Deckenleuchte herunter. In der linken Hand hielt er einen Notizblock, auf dem er mit dem Stift in seiner rechten Hand eifrig kritzelte. Ein anderer saß auf dem Kopierer und schob von oben neue Unterlagen ein. Ein dritter hatte eine große Papierrolle auf dem Boden ausgebreitet und hinterließ darauf mit seinen Füßen Spuren. Nur wenige saßen auf dem Schreibtischstuhl hinter ihrem Computer.

Dr. Kings Augen versuchten die seines Gegenübers zu durchdringen. »Ich sehe ein absolutes Durcheinander. Wie soll dabei ein produktives Ergebnis herauskommen?«

Dr. Löwe lachte. »Das dachte ich am Anfang ebenfalls. Daraufhin erließ ich eine Arbeitsanweisung, dass jeder bei der Arbeit an seinem Schreibtisch am Computer zu sitzen habe.«

»Genau. So gehört sich das auch!«

»Plötzlich lieferte die Abteilung ausschließlich negative Zahlen in der monatlichen Statistik. Ihnen fiel nichts mehr ein. Die Kreativität war gleich null. Eine Designabteilung, die rote Zahlen liefert! Du kannst dir vorstellen, wie geschäftsschädigend das war. Daraufhin ließ ich jeden wieder so arbeiten, wie es ihm gefiel. Was soll ich dir sagen? Jetzt liegen die Affen in der Statistik ganz vorn.«

»Erstaunlich«, murmelte Dr. King.

Auf dem Flur trafen sie in der Kaffeeküche die Ziegen. Sie tranken Kaffee, aßen ein Croissant und unterhielten sich angeregt.

»Während der Arbeitszeit rumstehen und ratschen«, empörte sich Dr. King. - »Unmöglich!«

»Sie machen jedoch ihre Arbeit gut«. Er öffnete die Tür zur IT-Abteilung.

Dr. King trat einen Schritt vor und wich augenblicklich zurück. Mit der Hand fuhr er sich über das Gesicht. Irgendetwas hatte ihn gestreift.

»Stopp, hier ist Eintritt für uns verboten!«, rief Dr. Löwe. Er riss ihn an den Schultern zurück.

Dr. King schaute genauer in den Raum. Überall verteilten sich hauchdünne Fäden. Sie spannten sich kreuz und quer durch den gesamten Raum. Unmengen von Spinnen krabbelten in den Fäden herum. Manchmal lösten sie einzelne Verbindungen und fügten an anderen Stellen neue Fäden hinzu. Er schüttelte den Kopf. »Genial und das ohne Computer!«

Auf dem langen Weg durch den Flur blickte Dr. King nach oben an die Decke. »Ich glaube, du solltest einen Maler beauftragen, die Decke zu streichen. Die langen Striche fallen ziemlich auf.«

»Ich werde einen Teufel tun, die zu entfernen. Wenn ich das mache, können wir beide nicht mehr entspannt hier entlang laufen.«

Dr. King legte den Kopf schräg und blickte ihn von unten an. »Das ist nicht dein Ernst? Fehlt dir das Geld für den Maler? Ich kann dir welches leihen.«

»Wenn ich - die Striche - wie du sie nennst, entfernen lasse, kommt es zu Unfällen. Die Striche sind die Straßen unserer Bienen. Die sind für die Kommunikation zwischen den einzelnen Abteilungen zuständig. Das funktioniert schneller als wir beide eine SMS tippen oder telefonieren. Am Anfang hatten wir keine Striche. Da stießen die Bienen auf dem Hin- beziehungsweise auf dem Rückflug häufig zusammen. Momentan ist Mittagspause. Deshalb siehst du keine.«

»Du hast ziemlich verrückte Ideen.«

Vor der nächsten Tür war es mucksmäuschenstill. Schwungvoll öffnete Dr. Löwe. Niemand wandte den Kopf ihnen zu. Alle schauten konzentriert auf den Bildschirm vor sich.

»Lauter Füchse bei der Arbeit«, sagte Dr. Löwe mit Stolz in der Stimme, »unser Finanzmanagement.« Die einzigen Geräusche waren das Klappern der Tastaturen und das vereinzelte Läuten eines Telefons. Leise schloss Dr. Löwe die Tür. »Duck` dich!«, schrie er plötzlich.

Dr. King ging in die Knie und spürte einen Luftzug direkt über seinen Haaren.

»Was war das? Bei dir bin ich meines Lebens nicht sicher!«

»Das war die Eule. Sie ist für die Meetings zuständig, weil sie einen Super-Überblick über die gesamte Organisation hat. Im Augenblick scheint sie sehr in Eile zu sein. Normalerweise hält sie ihre Flughöhe strikt ein. Du hast dir eine Pause verdient. Lass` uns in den Garten gehen.«

Draußen setzten sie sich auf eine Bank.

»Alle Achtung. Der Rasen kann leicht mit dem von Wimbledon mithalten. Die Büsche sind akkurat in Form geschnitten wie in einem japanischen Garten.«

»Ich sagte dir vorhin, dass die Ziegen sich zwar ab und zu eine Pause gönnen, die nicht im Arbeitsvertrag steht. Dafür machen sie ihre Arbeit hier draußen als Gärtner hervorragend. Ich wüsste niemanden, der für die Tätigkeit besser geeignet wäre. Am Anfang haben sich die anderen Mitarbeiter beschwert, weil die Ziegen auf den Fluren einen strengen Geruch hinterließen. Daraufhin habe ich mit ihnen ein vertrauliches Gespräch geführt. Jetzt haben sie ihre Körperpflege optimiert und zum anderen arbeiten sie ja hauptsächlich draußen.«

»In meinem Kopf muss ich die zahlreichen Eindrücke sortieren. Ich danke dir sehr, lieber Eduard, für die Führung.«

Sie erhoben sich.

»Lassen Sie bitte Herrn Shepherd den Wagen von Dr. King vorfahren«, sagte Dr. Löwe an Frau Katze gewandt.

»Wie ich sehe, hast du einen Australian Shepherd als Fahrer eingestellt.«

»Ja, mit ihm bin ich sehr zufrieden. Er fährt nicht nur mich zu geschäftlichen Terminen, sondern er bringt sogar meine Kinder zur Schule. Meine Schäfchen kann ich ihm unbesorgt anvertrauen. Davor hatte ich einen Windhund angestellt. Mit ihm war ich in Rekordzeit bei meinen Geschäftsterminen. Leider hatte er die Angewohnheit, rote Ampeln zu ignorieren. Zum einem wurde das auf Dauer recht teuer, zum anderen verursachte er einen Unfall, bei dem ich verletzt wurde. Mit Herrn Shepherd brauche ich für alle Termine länger. An einer Kreuzung verzichtet er zum Beispiel oftmals auf sein Vorfahrtsrecht und lässt andere passieren, vor allem Fahrerinnen.«

Seine Lippen verzogen sich zu einem breiten Lächeln, als er Dr. King ansah.

✪ *Krawatten und anderes Ungemach*

Michael schaute gebannt auf die Anzeige in der Zeitung.

Zu seiner Frau gewandt sagte er: »Lukas Kramer, das muss er sein.«

»Wer?«

»Na, er. Der Lukas eben.«

»Herr Winter, wenn ich nicht genau wüsste, dass Sie vor kurzem Ihren 30. Geburtstag gefeiert haben, würde ich bei dem Gestammel auf einen fünfjährigen Jungen schließen.«

Michael faltete die Zeitung zusammen und legte sie vor sich auf den Tisch. Er schaute seine Frau an. »Ich meine den Lukas, der mit mir zusammen Abitur gemacht hat. Ganz bestimmt habe ich dir von ihm erzählt.«

»Das mag sein. Ich kann mir nicht alle Namen merken, zu denen ich kein Gesicht habe. Ist dieser Lukas gestorben?«

»Nein, wo denkst du hin; im Gegenteil. Hat er es also doch geschafft! Seitdem ich ihn kenne, wollte er Pianist werden. Nichts anderes interessierte ihn. Wenn er wenigstens Gitarre gespielt hätte, dann hätte er Mitglied in einer Band werden können. Er jedoch wollte unbedingt ein berühmter Pianist werden.« Michael griff wieder zur Zeitung: »Hier steht, dass er am 18. bei uns in der Stadthalle ein Konzert gibt. Da muss ich hin. Kommst du mit?«

»Du hast mich neugierig gemacht.«

In der Aula herrschte Chaos.

«1, 2, 3 - 1, 2, 3 ...«

Ein plötzliches Pfeifen ließ sie sich die Ohren zuhalten. Direktor Schilling probierte das Mikrofon aus. Wie stets beherrschte ihn die Technik und nicht umgekehrt. In Zukunft würde es ihnen egal sein. Heute fand die Abiturfeier mit der feierlichen Übergabe der Zeugnisse statt. Auf Geheiß des Direx mussten alle Abschlussklassen bei der Gestaltung der Feier helfen.

»Aua, pass doch auf, du Idiot!«

Als Lukas unvermittelt stehen blieb, rammte Michael ihm den Stuhl, den er trug, in die Hacken. Die Vase mit den Gladiolen schwankte. Einen Augenblick sah es so aus, als ob die Schwerkraft siegen würde. Dann hatte Lukas wieder alles im Griff.

»Kann ich ahnen, dass du plötzlich stehen bleibst?«

»Du brauchst es nicht zu ahnen, sondern nur deine Augen offen zu halten wie die anderen auch.«

»Von mir aus hättest du das Gemüse ruhig fallen lassen können. Außer ein paar Muttis wird es niemanden erfreuen.«

›Warum mussten Annas Eltern ausgerechnet eine Gärtnerei besitzen?‹

Es herrschte eine gereizte Stimmung. Lukas was sein bester Freund. Streitereien kamen bei ihnen eher selten vor.

Zwei Stunden später erstrahlte die Aula im festlichen Glanz. Alle Stühle standen am richtigen Platz. Die Ehrenplätze für die Lehrer, den Elternbeirat und den Schulrat waren namentlich gekennzeichnet. Wie auf ein verabredetes Zeichen leerte sich die Aula.

»Wenn ich daran denke, dass ich nachher auf Geheiß meines alten Herrn einen Anzug anziehen muss, wird mir ganz anders.« Mit der rechten Hand lockerte Michael seinen imaginären Krawattenknoten.

Lukas lachte. »Du wirst es überleben.«

»Du tust dich leicht, weil du es gewöhnt bist.« In Gedanken sah er Lukas bei dessen letztem Konzert in der Aula im dunklen Anzug am Klavier sitzen. Direktor Schilling hatte den alten Kasten vorher extra stimmen lassen, da Lukas sich weigerte, sonst zu spielen. Der traute sich was! Nun, eigentlich hatte er Recht. Jedes Jahr, kurz vor Beginn der Sommerferien, hatten die Lehrer keine Lust auf Unterricht und die Schüler schon gar nicht. Das war eine willkommene Gelegenheit für Schulausflüge, Konzerte und Ähnliches.

Michael fasste sich an den Hemdkragen. Der war so eng, dass er zu ersticken glaubte. Ausgerechnet jetzt, wo er den Kopf recken musste. Er hatte Julia erblickt. Normalerweise trug sie in der Schule verblichene Jeans mit einem Oversize-T-Shirt und offene Haare. Dazu ging sie barfuß. Jetzt lehnte sie an der Eingangstür und schaute in die Aula. Ihr rotes Kleid schmiegte sich eng um die Hüften. Als er seinen Blick weiter nach oben schweifen ließ, war er ebenfalls zufrieden. Das lange Haar trug sie hochgesteckt. Einige Locken hatten sich frei gekämpft und kringelten sich an den Ohren. Für die Höhe ihrer Absätze war ein Flugschein notwendig. Hinter Julia betraten andere Mädchen den Raum. Ihm fiel auf, dass die meisten eher zu einem Modelwettbewerb angetreten waren als zur Zeugnisübergabe. Anders seine Kumpels. Die wenigsten trugen einen Anzug.

Alexander stellte sich neben ihn und nestelte an seiner Krawatte: »Mann, bin ich froh, wenn das hier vorbei ist. Ich glaube, bis dahin ersticke ich.«

Michael lachte: »Damit haben bereits zwei Abiturienten ihre Feier nicht überlebt.«

Die Bühne füllte sich mit den Abiturienten. Der Direktor gab jedem von ihnen bei der Zeugnisübergabe die Hand. Manche Schüler strahlten. Andere traten von einem Fuß auf den anderen.

»Michael Winter.« Endlich! Er war im Alphabet der Letzte. Seine Klassenkameraden und der Direktor blickten ihm erwartungsvoll entgegen. Als er kurz vor der Bühne an den Reihen seiner Lehrer vorbeikam, nickten ihm einige aufmunternd zu. Frau Hecker, seine Englischlehrerin, strahlte ihn an.

»Ich freue mich, dir dein Zeugnis mit dem ausgezeichneten Notendurchschnitt zu geben. Damit stehen dir alle Möglichkeiten offen. Mach` das Beste daraus!«

Michael starrte auf das Objekt seiner Begierde. ›Mach` das Beste daraus …‹ kann nur ein Lehrer sagen. ›Für die Noten habe ich all die Jahre geschuftet. Und wofür? In allen Fächern habe ich Supernoten erhalten. Zum Teufel damit! Hätte ich nur eine gute Note im Zeugnis, wäre meine Stärke klar. Der Lukas hat es gut!‹

Im Saal hätte eine zu Boden schwebende Feder ein Erdbeben ausgelöst. Mit dem letzten Ton entspannten sich Lukas´ Gesichtszüge. Ein breites Lächeln umspielte seinen Mund. Er erhob sich von seinem Hocker und verneigte sich zum Publikum. Tosender Beifall brandete auf. Michael schaute sich um. Alle um ihn herum klatschten und erhoben sich von ihren Sitzen. »Zugabe, Zugabe …«, erscholl es im Chor. Tatsächlich setzte sich Lukas wieder an sein Klavier. Bislang kannte er ihn nur als Klavierspieler. Er wusste nicht, dass er über eine ausdrucksvolle Stimme verfügte; dunkel, voll, einschmeichelnd. Während des Konzertes beobachtete er Amelie. Als Lukas sang, lehnte sie ihren Kopf zurück an das Polster und schloss die Augen. Michael griff nach den Fingern ihrer rechten Hand. Mit einer sachten Bewegung entzog sie sich ihm. Nachdem Lukas hinter der Bühne verschwand und keine Anstalten machte wiederzukehren, erhob sich das Publikum. Amelie und Michael wurden von den anderen zum Ausgang geschoben.

»Jetzt müssen wir uns zu den Künstlergarderoben vorarbeiten und sehen, dass wir Lukas erwischen.«

Sie fragten sich durch. Vor ihnen befanden sich mindestens 30 junge Mädchen, die gebannt auf eine Tür starrten. Davor stand ein Mann in einem dunklen Anzug. Sein Körper füllte die gesamte Tür in ihrer Höhe und Breite aus. Er sprach zu ihnen, worauf ein Mädchen nach dem anderen an Amelie und Michael vorbei ging. Die Enttäuschung, ihren Star nicht wenigstens noch einmal gesehen zu haben, stand ihnen ins Gesicht geschrieben. Der Mann blickte von oben auf Amelie und Michael.

»Ja?«

»Ich möchte Lukas sprechen. Wir sind alte Schulfreunde.«

Sein Grinsen entblößte makellose Zähne. »Mit der Ausrede gewinnen Sie nicht den ersten Preis.« Er verschränkte die Arme vor der Brust.

Unschlüssig drehte sich Michael zu Amelie um.

Mit einem Lächeln trat sie auf den Mann zu. Sie legte den Kopf schief und suchte den Kontakt zu seinen Augen.

»Es ist wahr, was mein Mann sagt. Sie sind Schulfreunde. Mein Mann hat mir so viel über Lukas erzählt, dass ich ihn gern persönlich kennenlernen möchte.« Sie trat einen Schritt zurück.

Michael traute seinen Ohren kaum. Lag es an ihrer Stimme oder an ihrem Lächeln? Mit dem wickelte sie zumindest ihn jedes Mal um den kleinen Finger. Jedenfalls hörte er:

»Ich kann ja mal nachfragen. Wie ist Ihr Name?« Nach einer gefühlten Ewigkeit öffnete sich die Tür. Sie wurden herein gewinkt.

Als sie eintraten, stand Lukas mit dem Rücken zum Garderobenspiegel.

»Ich freue mich, dich zu sehen. Auf den ersten Blick hätte ich dich nicht erkannt. Es ist einige Zeit her. Wer ist deine entzückende Begleiterin?«

»Das ist meine Frau Amelie.«

Er reichte ihr die Hand. »Michael als Ehemann. Wer hätte das gedacht?«

»Und du? Wer darf deine Hand halten?«

»Da gibt es die eine oder andere.«

»Was hast du nach dem Abi gemacht? In den Zeitungen habe ich nichts über dich gelesen. Ich dachte, dass du dich beruflich inzwischen anders orientiert hättest. Vor einer Woche las ich plötzlich in der Zeitung eine Anzeige mit deinem Konzert bei uns. Für eine Konzertkarte musste ich 150 Euro zahlen! Respekt.« Michael schaute Lukas erwartungsvoll an.

»In der Schule hattest du meine Konzerte gratis. Allerdings hast du sie damals nicht entsprechend gewürdigt. Inzwischen habe ich erkannt, dass die meisten Menschen nur Dinge würdigen, die richtig teuer sind. Ja, mein Lieber, ich ohne meine Musik. Das geht gar nicht! Erinnerst du dich daran, dass ich von Anfang an Pianist werden wollte; ein berühmter noch dazu?«

»Ja, wir hatten so viele Träume, als wir jung waren. Wer setzt die wirklich um? Träume sind Schäume.«

»Ich, mein lieber Michael. Nach dem Abitur versuchte ich in Deutschland bei diversen Veranstaltungen aufzutreten. Das war schwierig, als No-Name und dazu als Jazz-Pianist. Die allerkleinste Chance habe ich ergriffen, wenn ich überzeugt war, dass sie mir nützte. Ständig war dieses Bild in meinem Kopf: Ich als berühmter Pianist auf einer Bühne vor vielen Zuhörern. Wenn ich mich nicht gut fühlte, gab mir die Vorstellung neuen Mut. Damals bin ich von einer Stadt zur anderen gezogen. Um zu überleben, arbeitete ich abends in Kneipen am Tresen. Irgendwann fühlte ich, dass meine Zukunft in den USA lag. Wieso kann ich dir nicht erklären. Das Gefühl war einfach da; jeden Morgen beim Aufwachen und abends, wenn ich ins Bett ging. Als ich genügend Geld zusammen hatte, ging ich nach New Orleans. Nicht, dass du glaubst, die hätten dort auf mich gewartet. Wie in Deutschland hatte ich nur kleine Auftritte. Manchmal spielte ich in Kneipen. Hauptsächlich arbeitete ich abends an der Bar. Eines Tages betrat Greg Hunter, the Black King of Jazz, die Kneipe und setzte sich an den Tresen. Ich saß am Piano und sang zu ein paar Stücken, die ich komponiert hatte. Hätte ich ihn bemerkt, wäre ich vor Schreck vom Stuhl gefallen. So spielte ich weiter. Plötzlich drängte sich ein Mann auf die Bühne. Mir war unbehaglich zumute, weil ich dachte, es sei ein Betrunkener. Als er näher kam, fiel das Licht auf sein Gesicht und ich erkannte ihn. Sofort sprang ich auf. Er jedoch drückte mich auf den Stuhl zurück und stellte sich neben mich. Dann spielte er die ersten Töne von ›Cottonfields‹. Das war der Beginn meiner Karriere und einer tiefen Freundschaft. Mehrere

Jahre reiste ich mit ihm und seiner Truppe quer durch die USA. Später gab ich Solo-Konzerte. Und jetzt bin ich hier und mache eine Tournee durch Europa. Ich bin gespannt zu hören, was du nach deinem Abi gemacht hast. Als wir uns zuletzt sahen, war dein beruflicher Werdegang ziemlich nebelverhangen.«

»Im Gegensatz zu dir waren meine Stärken nie eindeutig. Zudem hatte ich keine besonderen Interessen. Bis heute bin ich meinem alten Herrn dankbar, dass er mich nicht zu einem Beruf drängte. Ein Jahr lang finanzierte er mir einen Trip kreuz und quer durch Europa. Danach entschied ich mich für ein Jurastudium.«

Lukas fiel ihm ins Wort. Er verschluckte sich fast vor Lachen: »Du und Jura! Das ist schwer vorstellbar. Anzüge gehören damit zu deiner Berufskleidung. Ich erinnere mich, wie unwohl du dich im Anzug auf unserer Abiturfeier fühltest.«

»Das ist lange her. Streitereien wird es so lange geben wie es Menschen gibt. Damit habe ich immer mein Auskommen.«

Michael nestelte an seiner Krawatte.

✧ Ein Rucksack und eine Prise Magie

Viele Märchen beginnen mit ›Es war einmal‹. Sie glauben, Märchen gibt es heutzutage nicht mehr?

Es war einmal eine junge Frau, die saß auf einem Stein an einem See. Ihre Haut war so ebenmäßig, dass selbst die Sonne Angst hatte, mit ihren Strahlen die Vollkommenheit zu zerstören. Daher blinzelte sie nur ein wenig hinter den Wolken hervor. Ein Löwe hätte die Frau um ihr rotes, volles Haar beneidet. Sie hielt den Kopf tief auf die Brust gesenkt und blickte in das flache Wasser zu ihren Füßen. Die weißen Segel der Boote draußen auf dem See erinnerten an aufgeblasene Taschentücher. Sie glitten unbemerkt an ihr vorüber. Der Stein spürte ihre Traurigkeit. Seine Oberfläche war an den meisten Stellen rau und scharfkantig. An der Stelle jedoch, wo sie saß, war er glatt und eben.

Von weitem näherte sich eine Frau. Schwer stützte sie sich auf den Stock in ihrer rechten Hand. Der Rock aus grobem Stoff reichte ihr bis zu den Knöcheln. Darüber trug sie einen aus dicker Wolle gestrickten Pullover. Jeweils nach ein paar Schritten blieb sie stehen und ruhte sich aus. Endlich ließ sie sich mit einem Stöhnen auf einen Stein voller spitzer Kanten fallen, nicht weit entfernt von der jungen Frau. Die Sonne spürte, dass die alte Frau sich nach Wärme sehnte und richtete ihre Strahlen auf das Gesicht. Tiefe Furchen wie auf einem Acker zeigten sich im sonnengegerbten Gesicht. Das graue Haar bedeckte ein buntes Tuch. Die Lippen waren schmal, als ob sie jedes Wort herauspressen mussten. Die lebhaften, braunen Augen bildeten einen Kontrast dazu. Sie erfassten die junge Frau. Danach richtete sich ihr Blick auf die Weite des Sees. Das Gesicht entspannte sich. Die vormals tiefen Furchen wurden zu schmalen Rinnen.

Mittlerweile hatte die junge Frau den Kopf gehoben und schaute ebenfalls auf den See hinaus. Die Spannung zwischen den unausgesprochenen Worten der beiden Frauen war wie ein elektrischer Blitz spürbar.

Die alte Frau wandte den Blick vom See ab und schaute nach links:

»Sie werden keine Dummheiten machen, oder?« Dabei versuchte sie eine Reaktion in den blauen Augen ihres Gegenübers zu entdecken. Nichts. Es schien ihr, als ob die einzelnen Worte einfach durch das Innere hindurch durchmarschiert waren und sich hinter dem Rücken wieder zu einem Satz zusammenfanden. Eindringlich wiederholte sie die Worte: »Sie werden keine Dummheiten machen, oder?«

Kaum wahrnehmbar zuckten die Augenlider. Die Schultern strafften sich unmerklich. Ihr Blick richtete sich auf die alte Frau: »Warum sollte ich?«

»Bei einem fröhlichen Menschen sieht es anders aus, wenn er das Wasser betrachtet.«

»Was Sie alles zu wissen glauben.«

»Glauben Sie mir, in meinem Alter kenne ich das Leben!«

»Sie mögen vielleicht Ihr Leben kennen. Meines kennen Sie nicht!«

»Was ist an Ihrem Leben so besonders, dass ich es nicht selbst erlebt hätte?«

»Sie können gar nicht mitreden. Sie sind in einer anderen Zeit aufgewachsen. Als Sie jung waren, gab es keine Smartphones, Internet, Chefs, die nur daran interessiert waren, dass alles lief oder Männer, die Frauen von einem Tag auf den anderen verließen …«

»Sie tun, als wäre ich zu Zeiten Adam und Evas groß geworden. Wie alt ist die Frau der heutigen Zeit?«

»31.«

»Wenn ich Ihre Situation richtig erfasst habe, macht Ihnen die Arbeit keinen Spaß, Sie sind gerade von einem Mann verlassen worden und das Tempo unserer Zeit ist Ihnen zu schnell? - Richtig?«

»So ähnlich. Früher war alles viel besser. Mein Freund war richtig toll und der Chef, bei dem ich vor Jahren arbeitete, hatte ein offenes Ohr für seine Angestellten. Die Kollegen interessierten sich füreinander. Manchmal gingen wir nach der Arbeit gemeinsam essen. Meine kleine, aber feine Wohnung war meine Burg. Alles war unkomplizierter und schöner. Heutzutage sind jeden Tag die Nachrichten voll von Meldungen über Katastrophen, Morde und andere negative Dinge. Wohin soll das führen?« Sie hatte sich in Rage geredet. Die Wangen waren gerötet. In den Augen spiegelte sich die Leidenschaft ihrer Worte.

Braune Augen fixierten sie. »Du hast dein Leben. Erkenne seinen Wert! Mit den Entscheidungen des heutigen Tages gestaltest du deine Zukunft. Du bist machtvoll, eine Schöpferin! Deine Vergangenheit zählt nicht. Sie ist unnötiger Ballast. Der heutige Tag ist wichtig, die Gegenwart ...«

»Pfff.« Was spielte die Gegenwart für eine Rolle? Die Vergangenheit war wichtig. Dort waren alle Erlebnisse, Erfahrungen, Erinnerungen gespeichert. Ein Mensch ohne Vergangenheit existierte nicht! Sie ließ den Blick umher schweifen und entdeckte neben sich auf dem Stein einen Rucksack, nein, nicht irgendeinen, sondern ihren. Das war unmöglich! Sie hatte ihn nicht mitgenommen. Er lag zuhause an dem Platz, an dem er immer lag.

Die Alte beobachtete sie. »Was ist?«

»Das ist mein Rucksack, aber ich habe ihn zu Hause gelassen. Ich bin mir ganz sicher!«

»Das ist er!«

»Woher wissen Sie das und wie kommen Sie zu ihm? Sie kennen nicht einmal meinen Namen.« Bei den letzten Worten rutschte sie auf dem Stein ganz nach hinten.

Ein Lächeln umspielte das alte Gesicht, wobei die tiefen Furchen sich glätteten. In den Augenwinkeln erschienen Lachfältchen. »In dem Rucksack befindet sich deine gesamte Vergangenheit. Schau, er geht kaum zu. Deine Gegenwart hätte in ihm locker Platz gehabt. Für vier Wochen wirst du ohne deine Vergangenheit leben. Alle Erinnerungen, Erlebnisse und Erfahrungen sind ab sofort in deinem Kopf gelöscht. Von jetzt an gehört dir ausschließlich das Heute.«

Abrupt erhob sich Jessie. Das geht nicht. Was ist das für ein Irrsinn? Ich träume gerade, schrie es in ihr. - Aus ihrem Mund drang kein Laut. Stattdessen fühlte sie eine angenehme Wärme von ihrem Kopf bis in die Zehenspitzen herabsteigen.

Die alte Frau blickte von neuem in die Weite des Sees. Plötzlich stand sie auf, ohne sich auf ihren Stock zu stützen. Im Drehen ergriff sie Jessies Rucksack und schleuderte ihn hinaus in den See. Dann wandte sie sich an Jessie: »Ich bin Sarah. Komm. Gehen wir.«

Wie von einem unsichtbaren Band gezogen, folgte sie ihr. Sie erreichten ein weißes Haus, dessen breitem Weg sie folgten. Neugierig schaute Jessie sich um. Der Rasen war von einem satten Grün. Die Buchsbäume waren zu kleinen Figuren geschnitten. Direkt vor dem Haus quollen bunte Blumen in allen Farben aus den Beeten. Die Sonnenstrahlen fielen auf Wasserkaskaden in einem Brunnen vor dem Eingang. Das Sonnenlicht ließ das Wasser in allen Regenbogenfarben schillern.

Im Haus wies die junge Frau auf eine Zimmertür und sagte zu

Jessie: »Das ist dein Zimmer. Fühle dich wie zuhause.«

Die Zimmerwände waren in hellen Farben gestrichen. Die Couch und die Bettwäsche des Himmelbettes trugen ein Blumenmuster. Auf dem Tisch stand ein duftender Strauß Rosen.

Jessie fühlte sich frei und unbeschwert wie lange nicht mehr. Sie hatte Lust zu malen. In einer Ecke des Raums fand sie zufällig auf einem Schreibtisch Aquarellfarben mit allem, was dazu gehörte. Zufällig? ›Es gibt keine Zufälle‹, dachte Jessie. Sie malte darauf los. Unter ihren Händen entstanden kleine Kunstwerke mit Blumenmotiven. Ihre Augen strahlten. Zum Abendessen wählte sie das Bild aus, das ihr am besten gefiel. Sie schenkte es Sarah.

»Das sind die gleichen Mohnblumen, die sich in meinem Kopftuch wiederfinden. Schau!« Leicht neigte sie den Kopf.

Sie lachten. Die Tage reihten sich aneinander. Beide hatten Spaß zusammen. Jessie betrachtete Sarah als eine ältere Schwester. Sie schwammen im nahe gelegenen See, machten Radtouren, fuhren zum Essen in die Stadt. Manchmal lagen sie im Garten nebeneinander im Gras, beobachteten die Vögel und schauten den Schmetterlingen beim Anflug auf eine Blüte zu. Mit jedem Tag fühlte Jessie die innere Kraft wachsen, geradewegs, als ob sie von einer schweren Krankheit genese. Tag für Tag lebte sie ohne Plan.

Eines Morgens saß sie mit Sarah in der Küche, als diese sagte:

»Jetzt bist du bereits vier Wochen bei mir. Dein Aufenthalt neigt sich dem Ende zu.«

»Wieso, willst du nicht mehr mit mir zusammen sein?« Mit weit aufgerissenen Augen blickte Jessie zu Sarah.

»Das ist es nicht. Ich mag dich. Deine Anwesenheit beschränkt sich auf vier Wochen. Die Zeit ist um und dein altes und vielleicht ein neues Leben warten auf dich«, antwortete Sarah lächelnd.

Jessie saß auf einem Stein und blickte auf den See. Ein Geräusch ließ sie nach rechts schauen.

»Ich habe dich gar nicht kommen hören.«

Sarah saß auf einem Stein neben ihr und ließ kleine Steinchen über das Wasser hüpfen.

Neben Jessie lag ihr Rucksack; tropfnass. »Oh je, der muss mir ins Wasser gefallen sein.« Sie öffnete ihn und schaute hinein. Er war leer. Das helle Blau ihrer Augen verdunkelte sich. Sie waren starr geradeaus gerichtet und blickten durch Sarah hindurch. Nach einer unendlich langsamen Kopfbewegung ruhten ihre Augen direkt auf ihr.

»Ich erinnere mich. An dieser Stelle befand ich mich schon einmal, an dem Tag, an dem Stefan mich verließ. Damals saß neben mir eine alte Frau. Die wollte mir meine Vergangenheit nehmen und beweisen, dass ich in der Lage sei, ohne sie zu leben. Als ob jemand einem anderen Menschen die Vergangenheit nehmen könnte!«Jessie lachte laut.

  Sarah zog die Augenbrauen in die Höhe.

  Jessies Stimme wurde leiser und stockte. »Das war … kein Traum? Das war … Wirklichkeit, oder? Die alte Frau warst du. Du bist eine Hexe oder eine Fee, die mich verzaubert hat? Ich erinnere mich, dass sich die alte Frau damals auf einen Stock stützte. In den Märchen, die mir meine Mutter als kleines Mädchen vorlas, hatten Hexen immer einen Stock und Feen einen Zauberstab. Die Märchen liebte ich und konnte davon nicht genug bekommen.«

  »Hexen. Feen. Alles Worte … .«

☆ Träume aus rosa Tüll

Alisa drehte sich vor dem großen Spiegel mehrmals um ihre eigene Achse. Das rosa Kleid aus dünnem Stoff wirbelte hoch. Wie ein kleiner, rosafarbenen Vogel, der vor dem Start mit seinen Flügeln schlägt. Auf den langen, blonden Locken schwebte eine Krone. Nach den Drehungen trat sie näher an den Spiegel heran. Große, blaue Augen blickten ihr entgegen. Sie schürzte die roten Lippen. Dabei fiel auf, dass die Farbe auf ihnen nicht gleichmäßig verteilt war. Das Rouge hinterließ kleine Flecken auf den Wangen. Alisas Körper füllte den Spiegel in der Höhe nicht einmal bis zur Hälfte aus. Die Zimmertür öffnete sich.

»Was machst du hier im Schlafzimmer vor dem Spiegel? Und wie du aussiehst! Komm, das Essen ist fertig. Vorher müssen wir dich erst einmal ordentlich waschen.«

Alisa drehte sich in Zeitlupentempo zu ihrer Mutter um. Auf ihrer Stirn erschien eine Falte. Die Lippen schoben sich zusammen. Langsam ging sie auf ihre Mutter zu. Diese versuchte, sie sanft aus der Tür zu schieben. In den großen Pumps fanden die kleinen Füße keinen Halt und kippten aus ihnen heraus. Die Krone rollte in den Flur.

»Oh, Alisa!«

Seit einem Jahr besuchte Alisa den Kindergarten. Die anderen Kinder hatten sich daran gewöhnt, dass sie anders war. Alle Kleidungsstücke von ihr waren rosa. Manchmal trug sie einen

Stiefel und einen Halbschuh. Trotz der Unterschiede waren sich die Kinder in einem einig: Das Prinzessinnenspiel war Alisas Lieblingsspiel.

»Was willst du einmal werden, wenn du groß bist?«, fragte Lena, die Kindergärtnerin.

»Prinzessin!«

»Aber Alisa, das kann man doch nicht werden. Das ist kein Beruf. Schau, Anna möchte Ärztin werden und Tom Pilot. Das sind richtige Berufe.«

»Ich will aber Prinzessin werden!« Dabei stampfte sie mit den Füßen auf. Die blauen Augen verengten sich zu kleinen Schlitzen. Sie presste die Lippen zusammen.

Am Abend vor dem ersten Schultag stand Alisa vor dem Schlafzimmerspiegel und drehte sich. Der dünne, rosafarbene Rock flog hoch. Der flauschig gestrickte Pulli erinnerte an rosafarbene Watte. Auf ihrem Rücken trug sie einen Schulranzen in rosa mit Motiven von Prinzessin Lillifee.

»Ach, Prinzessin, jetzt beginnt der Ernst des Lebens«, seufzte ihre Mutter.

Alisa schaute sie mit hochgezogenen Augenbrauen schräg von der Seite an.

Die Schule war ein Ort zum Träumen. Sie träumte sich weit fort. Als Prinzessin sonnte sie sich am Ufer eines Sees. Hinter ihr befand sich das Schloss. Die monotonen Stimmen der meisten Lehrer ließen sie schnell in ihr Traumland rutschen; außer in Kunst und Deutsch. Die beiden Fächer gehörten zu ihren Lieblingsfächern.

Nach dem Deutschunterricht hielt Frau Wagner Alisa zurück.

»Warte einen Augenblick.« Sie beugte sich vom Pult zu Alisa hinunter. »Wenn du in den anderen Fächern nicht fleißiger wirst, schaffst du es nicht aufs Gymnasium«, meinte sie.

»Das brauche ich als Prinzessin nicht.«

»So. Glaubst du die anderen haben Lust, sich mit einer Prinzessin zu unterhalten, die dumm ist?«

Alisa fuhr sich mit der Unterlippe über die oberen Schneidezähne.

Den Übertritt aufs Gymnasium schaffte sie mit links.

»Ihre königliche Hoheit, Prinzessin Alisa, gestatten Sie, dass ich neben Ihnen sitze?« Mit einem breiten Grinsen nahm Julian neben ihr Platz. Die anderen Klassenkameraden bogen sich vor Lachen. Alisa rückte ihren Stuhl so weit weg wie möglich. Sie sah keine Möglichkeit, dem Spott ihrer Mitschüler zu entkommen. Die meisten Lehrer ignorierten die Bemerkungen ihrer Klassenkameraden. Nur Herr Becker, ihr Englischlehrer, griff durch. Seine Maßnahmen vergrößerten ihr Leiden in den Pausen. Eine Freundin besaß sie nicht. Wie in der Schule war sie in der Freizeit überwiegend allein. Ihr bester Tröster wurde der Kühlschrank. Er war immer da und hörte geduldig zu, wenn sie sich bei ihm beklagte. Einmal hatte ihre Mutter mit dem Direktor gesprochen. Danach wurde es für Alisa an der Schule noch schlimmer. Die Mitschüler machten sich bei Facebook über sie lustig. Sie hieß Prinzessin Frettchen. Der Kühlschrank war zwar ein geduldiger Zuhörer, jedoch nicht in der Lage, seine Türen zu verschließen, wenn sie sich zum wiederholten Mal an Dickmachern bediente. Eisern hielt sie an ihrem Ziel fest. Eines Tages würde sie über ihre Mitschüler triumphieren! Sie würde es schaffen! In Gedanken rief sie sich die verschiedenen Prinzessinnen ins Gedächtnis, über die in den Zeitschriften berichtet wurde. Sie waren alle ausnehmend schön und ... schlank.

»Wir müssen Geduld haben. Sie wird es schaffen.«

Ich konnte die Stimmen hören. Nicht deutlich, weit weg, von Watte gedämpft. Hatte ich die Augen offen? Um mich herum herrschte Dunkelheit. Ich versuchte, mich zu erinnern. Wo war ich? Was war passiert? Mühsam bewegte ich meine Augenlider. Das Gewicht von mehreren Tonnen lastete auf ihnen.

Endlich gelang es mir, die Augen zu öffnen. Das grelle Licht schmerzte. Ich schloss sie sofort wieder. Schließlich gewöhnten sich die Augen an das Licht.

»Mama, Paps.«

»Ja, Liebes.«

Zwei Hände streckten sich mir entgegen und drückten meine.

»Wenn ich das gewusst hätte! Natürlich ist mir aufgefallen, dass du abgenommen hast, aber nicht wie viel. Du hast in der letzten Zeit ausgiebig Sport getrieben und trugst ständig diesen Schlabberlook. Deine Figur hast du damit gut kaschiert. Dass du dazu aber diese Pillen nehmen musstest. Du hättest tot sein können!« Ihre Worte gingen in Weinen über. Paps zwinkerte mir zu und verstärkte den Druck seiner Hand.

Richtig, ich erinnerte mich. Die Pillen waren leicht zu bekommen. Im Park hinter dem Schulhof stand Niklas und verkaufte sie. Eine Pille vor dem Essen eingenommen, ließ das Hungergefühl völlig verschwinden. Gut, manchmal wurde mir schwindlig oder übel, doch die Pfunde schmolzen. Das war das Wichtigste, denn noch immer wollte ich eine Prinzessin sein. Eine dicke Prinzessin jedoch ging gar nicht. Die schaute kein Prinz an. Wenigstens war ich inzwischen schlank.

Der Aufenthalt im Krankenhaus mit anschließender Reha dauerte länger als ich dachte. Während ein Großteil der Ärzte meine körperlichen Beschwerden linderte, kam eines Tages Dr. Brunner mit einer Frau in mein Zimmer.

»Das ist Frau Dr. Thaler. Sie ist Psychologin.«

›Psychologin, das hatte mir gerade noch gefehlt! Als ob ich ›Plemm-Plemm‹ wäre. Ich hatte lediglich etwas mehr abgenommen als nötig. Ich drehte den Kopf zur Seite.‹

»Ich lasse euch mal allein.«

»Mein Name ist Anna«, sagte sie. »Natürlich weiß ich, was du gerade denkst. Vor vielen Jahren ging es mir genauso wie dir. Mir ist in Erinnerung, dass ich dachte, die glauben, ich sei krank im Kopf. Schicken mir einen Psychologen. Du bist im Kopf genauso fit wie ich. Das Einzige, was uns unterscheidet, ist der unterschiedliche Blick auf unseren Körper. Wie ich hörte, ist es dein Traum, eine Prinzessin zu sein. Da du dem Namen nach nicht adelig geboren bist, müsstest du einen Prinzen heiraten, um eine Prinzessin zu sein. Möglicherweise wird ein Prinz nicht unbedingt eine dicke Frau heiraten. Glaubst du jedoch, dass der ein Magermodel will, an dessen spitzen Knochen er sich verletzen kann?«

Was soll ich sagen? Sie hat mich nicht auf Anhieb überzeugt. Es folgten unzählige Gespräche, in denen ich langsam begriff, dass ich krank war. Jederzeit konnte ich wieder von Diätpillen abhängig werden. Insgesamt dauerte die Behandlung über ein Jahr. Ein Jahr, das ich in der Schule verlor. Mein Wille dagegen, eine Prinzessin zu sein, war ungebrochen. Dafür wollte ich alles Notwendige tun. Mein Schuldirektor nahm mich abermals an der alten Schule auf. Die Noten meines Abiturs waren gut. Ich entschloss mich, Psychologie zu studieren und später mit Kindern zu arbeiten, die an Adipositas erkrankt waren. Mit Figurproblemen kannte ich mich schließlich aus!

»Hallo, Prinzessin, lass` dich anschauen.« Alexander legte den Kopf schief. »Dir fehlt eine Krone.« Hinter seinem Rücken zauberte die rechte Hand eine Krone hervor, die er mir in mein blondes Haar drückte. Sie sah genauso aus wie die aus meinen

Kindertagen.

Wir saßen im Gras am See.

»Na, Frau Breitenbacher, haben Sie sich Ihr Leben so vorgestellt?«, fragte er mich lachend. »Du bist die Prinzessin meines Herzens. Mein Schloss lege ich dir zu Füßen.«

Mit einer einladenden Bewegung deutete er hinter sich. Ich sah, wie im Hotel die Gäste ein- und ausgingen.

✿ *Elefanten, die mit den Wolken reisen*

Ich lag mitten auf der Wiese und lachte und lachte, bis ich nicht mehr konnte. Eben hatte ich den dicken Huber gesehen. Er entfernte sich schnell und versuchte mit seinesgleichen Schritt zu halten.

Es machte mir Spaß, im Gras auf dem Rücken zu liegen und die vorbeiziehenden Wolken am blauen Frühlingshimmel zu beobachten. Was hatte ich nicht schon alles in den Wolkenfetzen entdeckt? Ein ganzer Zoo war auf die Art zusammengekommen. Sogar riesige Elefantenherden schwebten über mir und waren im Nu auf und davon. Vogelschwärme zu finden, war keine Kunst. Wenn ich sonst keine andere Figur zusammensetzen konnte, ein Vogel ging immer. Jetzt also der dicke Huber. Schade, dass ich kein Foto machen konnte. Sein Kopf war genau getroffen. Die Elefantenohren waren ebenso vorhanden wie die kleinen Schweinsaugen über den dicken Backen. Insgeheim wunderte ich mich, wie er über die Hügel seiner Backen schauen konnte. Gern hätte ich ihn dazu befragt. Muttis strenger Blick bei einer diesbezüglichen Gelegenheit verhinderte meine Frage. ›Elefantenohren sagt man nicht‹, meinte sie. ›Er habe lediglich etwas größere Ohren und könne damit sehr gut hören.‹ Letzteres bezweifelte ich. Wenn wir Kinder etwas von ihm wollten, hörte er uns nicht. Doch ein gemurmeltes ›blöder Heini‹ brachte mir ein Donnerwetter von meinem Vater ein. Die drei Haare auf dem Kopf waren von kleinen Wolkenstreifen hervorragend getroffen. Dass er in meinen Augen eine Glatze hat, darf ich nicht sagen. Mutti sagte mal traurig zu mir: »Kind, das wird mit dir kein gutes Ende nehmen. Du hast zu viel Fantasie.«

Besonders stark fühlte ich mich als kleines Mädchen zu Pippi hingezogen. Die verfügte über eine Fantasie, von der ich nur träumen konnte. Und wie sie wollte ich nicht erwachsen werden, denn ein Leben ohne Spaß war fad. Leider besaß ich nicht ihre Krummeluspillen, sondern lediglich Erbsen, so dass ich mir ihrer Wirkung nicht wirklich sicher war.

Wie bereits befürchtet, versagten die Erbsen ihren Dienst. Ich wurde erwachsen! Noch immer bereitete es mir eine fast diebische Freude, zuweilen mit Handlungen mein Umfeld zu schockieren. Einfach so. Plötzlich und unerwartet. Vor allem, wenn mir langweilig war.

Zum Erstaunen meiner Mutter machte ich beruflich Karriere, trotz meiner Fantasie. Und das Ende, das nach ihrer Voraussage nicht gut werden würde, war weit entfernt, denn ich war erst Mitte dreißig. Ich war die Assistentin eines Chefs, der eher einem Herrn Adonis ähnlich war als dem Herrn Huber aus meiner Kindheit. Was mein Vater mir als Kind vergeblich versuchte beizubringen, hatte ich inzwischen gelernt: Den Unterschied zwischen Eigentum und Besitz. Der Führerschein war zwar mein Eigentum, doch zurzeit nicht in meinem Besitz. Aus dem Grund machte ich mich mit dem Zug auf den Weg zu einem Kongress, zu dem mein Chef mich und andere Kollegen eingeladen hatte. Die kleine Bimmelbahn der Insel hatte keine Eile, ihre Fahrgäste ans Ziel zu bringen. Die Fenster waren offen. Am blauen Himmel überholten uns die Schäfchenwolken. Alles schien still, friedlich, auf Urlaub eingestimmt. Nur ich fuhr der Arbeit entgegen. Wie früher begleiteten mich Elefantenherden, Vogelscharen und - nein, kein Herr Huber.

Ist Ihnen das Gefühl bekannt, das einen am zweiten Tag eines dreitägigen Kongresses beschleicht? Es betritt zwar schon am ersten Tag den Raum, doch am Tag darauf ... Ich blickte mich nach der nachmittäglichen Kaffeepause um. Wir waren keine große Gruppe. Die meisten hielten den Kopf gesenkt. Ihre Finger eilten über die Tastatur des Smartphones. Wenige saßen mit erhobenem Kopf da und noch weniger schauten zum Vortragenden. Manche Köpfe spähten zum Fenster hinaus. Ihre Gedanken konnte ich förmlich lesen, denn es waren die meinen. Was für ein vertaner Tag! Bei dem schönen Wetter! Ich saß ungefähr in der Mitte des Saales. »Entschuldigung?« Meine Hand reckte sich in die Höhe. Fast gleichzeitig hoben sich Dreiviertel der Köpfe und musterten mich. »Wo bitte, geht die nächste Tram zum Mond?« Mein linker Nachbar rückte mit dem Oberkörper weiter von mir weg. Er richtete die Augen voller Fragezeichen auf mich und meinte: »Äh?« Ein anderer, drei Stühle neben mir, reckte sich vor und grinste mich an. Dann brach das Lachen aus ihm heraus.

✪ *Glaube nie, du bist allein!*

Joggen! Wie hatte ich mich nur entschließen können mit dem Laufen anzufangen? ›Sport ist Mord‹ war bisher meine Devise gewesen. Sicher, ich mochte vielleicht, aber nur vielleicht, ein paar Pfunde zu viel auf den Rippen haben. Hatten das nicht die meisten Frauen in meinem Alter? Und … fanden Männer das nicht erotischer ins Volle zu greifen, anstatt gleich auf spitze Knochen zu stoßen?

Idiotisch. Jetzt rannte ich hier durch den Wald. Rennen war möglicherweise nicht die richtige Beschreibung. Da ich erst gestern den neuen Vorsatz in die Tat umgesetzt hatte, geriet ich bereits nach ein paar Minuten aus der Puste und wechselte in ein schnelles Gehen über. Ja, klar. So schnell war es unmöglich, den richtigen Laufrhythmus zu finden. ›Das kommt davon, wenn man alle Wege mit dem Auto zurücklegt‹, säuselte mir eine kleine Stimme ins Ohr. Die Stimme hatte große Ähnlichkeit mit der von Klaus, mit dem ich vor einigen Jahren eine heftige Affäre hatte. Da diese damals abrupt und zudem ziemlich unschön geendet hatte, nannte ich die Stimme meines Alter Egos ›Klaus‹. ›Schweig, Klaus! Wer sagt denn, dass ich mit Sport so alt werden möchte, wie die Medien es mir vorgaukeln? Vielleicht will ich gar nicht 100 werden?‹

Ich blickte an mir hinunter. Gleichzeitig war ich mir nicht mehr sicher, ob mir die Laufkleidung, die mir die Verkäuferin aufgeschwatzt hatte, tatsächlich stand. Das Pink fiel schon sehr ins Auge. Ich fühlte mich wie ein Flamingo, dessen Gefieder aufgrund der vielen gefressenen Krebse ein kräftiges Rosa angenommen hatte. Allerdings konnte sich der Flamingo in die Lüfte erheben, wenn ihm alles zu viel wurde. Ich dagegen hatte auf der Erde auszuharren. Gott sei Dank war ich bis jetzt keinen fremden Blicken ausgesetzt gewesen, denn ich begegnete keiner Menschenseele. Hoffentlich blieb es so!

Die Strecke im Wald schien ziemlich einsam zu sein. Meine schlechte Laune bekämpfte ich mit Musik aus dem Smartphone. Dazu blendeten die Kopfhörer jegliches andere Geräusch aus. Wundervoll! Zudem lief ich mit Benny. Benny! Wie ich ihn liebte! Er schaffte es innerhalb kürzester Zeit, die schlechten Gedanken zu vertreiben. Wenn ich seinen Kopf an meinem spürte, genoss ich die Berührung. Mit seinen dunkelbraunen, zärtlichen Augen erreichte er bei mir alles. Dann schmolz ich dahin wie Himbeereis in der Sonne. Er war immer an meiner Seite. - War ist richtig. Wo war er im Augenblick?

Suchend ließ ich den Blick umherschweifen, doch er war nirgends zu sehen. Ich nahm die Kopfhörer raus. Beeennyyy! Verflixt! So sehr hatte ich mich auf die Musik konzentriert, dass ich ihn total vergessen hatte.

»Benny. Ich habe keine Lust zu spielen. Komm her.«

Doch Benny kam nicht.

Oh, gerade heute. Um neun Uhr hatte ich einen Termin in der Firma. Das Meeting mit den Kunden aus Japan war wichtig.

Keinesfalls durfte ich fehlen. Wütend bewegte ich mich vorwärts mit Blicken nach rechts und links in das Unterholz. Endlich sah ich ihn; ganz weit abseits des Weges.

»Benny hierher!«

Schwanzwedelnd rührte er sich nicht vom Fleck. Stattdessen begann er ohrenbetäubend zu bellen. Monatelang besuchte ich mit ihm die Hundeschule, ließ dort viel Geld. Am liebsten apportierte er. Darin war er ein Meister. Zudem beherrschte er die Kommandos. Ich hatte gelernt, dass auch Hunde mitunter einen eigenen Kopf besitzen und nicht so wollen wie Herrchen oder Frauchen. Missmutig machte ich mich auf den Weg zu ihm. Als ich ihn fast erreicht hatte, sah ich es. Einen Schuh. Während ich den Blick weiter hob, sah ich den dazugehörenden Fuß und ein Stück des Beins. Sofort beschloss ich, die Blickrichtung zu ändern und rief Benny. Augenblicklich erschien er und stupste mit seiner Schnauze an mein Knie. In dem Moment war ich heilfroh, dass er keine Lust auf seine Meisterschaft im Apportieren verspürte. Ich hatte nur einen Wunsch: Mich schleunigst von diesem Ort zu entfernen. Ich lief - dieses Mal wirklich - so schnell ich konnte zum Weg zurück mit Benny an meiner Seite. Sofort war mir eines klar. Auf die Weise legte sich niemand freiwillig auf den Waldboden. Das Bein war merkwürdig verdreht. Mein Magen begann zu rebellieren, die Knie wurden weich und gaben nach. Ich glitt auf den weichen Waldboden und streckte die Beine aus. Voller Konzentration zwang ich mich, gleichmäßig zu atmen. Nach einer Weile fühlte ich mich besser. Der Kopf funktionierte wieder. Was war, wenn derjenige …? Ich leinte Benny an und griff nach dem Smartphone. Wie war nochmal die Nummer der Polizei? Verflixt, warum fiel sie mir gerade jetzt nicht ein? 110 oder 112? Egal. Wird schon richtig sein. Mit zittrigen Fingern wählte ich die 110.

»Polizeiinspektion 15«, meldete sich eine männliche Stimme am anderen Ende der Leitung. »Was kann ich für Sie tun?«

»Ich habe eine Leiche gefunden«, schoss es aus mir heraus.

»Sind Sie sicher?«

»Glauben Sie, ich mache Scherze?«

»Ok. Wo sind Sie denn?«

»Im Wald.«

»So, so, im Wald. Ein bisschen genauer brauche ich es schon, wenn ich Ihnen helfen soll.«

»Im Wald, stadtauswärts Richtung Moorwiesen. In der Nähe des Parkplatzes des Trimm-Dich-Pfads. An einer Stelle gabelt sich der Weg und führt zum alten Bunker. Den Weg weiter versperrt nach zirka einem Kilometer eine Schranke den Autos die Weiterfahrt. Dort stehe ich gerade.«

»Na, das nenne ich präzise! Ist Ihnen etwas Ungewöhnliches aufgefallen?«

»Ich habe gerade eine Leiche gefunden. Ist das nicht ungewöhnlich genug? Ich für meine Person finde nicht jeden Tag eine.«

»Gut. Bleiben Sie dort und warten Sie auf die Kollegen. Ich schicke sie gleich los. Wie sind Ihr Name und Ihre Telefonnummer?«

»Alexa Bàrtoldy.« Ich nannte ihm die Nummer.

»Frau Bàrtoldy, bleiben Sie ruhig. Die Kollegen sind bald bei Ihnen.«

»Mhm.«

Damit legte er auf.

Ich lehnte mich mit dem Rücken an einen Baumstamm und schloss die Augen.

Die Augen schließen. War ich verrückt? Augenblicklich riss ich sie wieder auf. Wenn der Typ, der … mich beobachtete und nur darauf wartete … Nun, im Ernstfall würde Benny mich verteidigen. Sicher? Zuhause lief er schwanzwedelnd jedem Fremden entgegen. Dafür gebärdete er sich wie toll, wenn wir einer Katze begegneten; zum Beispiel Malou: Die setzte sich mitten auf die Straße, wenn Benny und ich aus dem Hauseingang traten, nur um den armen Benny zu provozieren. Und der fiel prompt jedes Mal aufs Neue darauf rein. Wenn der … eine Pistole hatte, half mir Bennys Anwesenheit überhaupt nichts. Ich erinnerte mich an einen Krimi im Fernsehen, den ich unlängst gesehen hatte. Dort erschoss der Einbrecher als erstes den Hund. Ich streichelte Bennys Kopf, der zu mir aufblickte. Hellwach musterte ich die Umgebung. Ich wusste nicht, wie lange ich so dagestanden hatte, bis ich aus der Entfernung eine

Polizeisirene langsam näherkommen hörte. ›Das Fahren mit Blaulicht war sinnlos‹, dachte ich bei mir. ›Die Frau war bereits tot.‹

Türengeklapper, Stimmengewirr. Von jetzt an war es im Wald nicht mehr einsam. Ein schlanker, gutaussehender Mann löste sich aus der Gruppe und stellte sich mir als Kommissar Keller vor.

»Frau Bàrtoldy? Haben Sie uns angerufen?«

Ich nickte.

»Wo ist die Stelle?«

Mit steifen Gliedern ging ich voraus. Auf der Hälfte des Weges blieb ich stehen und zeigte mit der Hand in eine Richtung:

»Dort, ungefähr bis zu den Tannen.«

Er ließ mich zurück und schritt weiter.

Als er wieder kam, traf er auf seine Kollegen. Er informierte sie, wo sie hin mussten und meinte ›KTU, das volle Programm.‹

Kommissar Keller stellte mir eine Menge Fragen, die ich so gut es ging, beantwortete.

»Wie alt ist die Frau denn?« wollte ich wissen.

»Wieso glauben Sie, dass es eine Frau ist? Sie haben mir erzählt, dass Sie nur einen Schuh sowie einen Teil des Beins gesehen haben und sich danach abwandten.«

»Der Schuh war pinkfarben. Da liegt es nahe, dass es sich um eine Frau handelt.«

»Sie wird ungefähr in Ihrem Alter sein.«

»Wurde sie erschossen?«

»Wie kommen Sie darauf?«

»Nur so ...« Wenn ich ihm meine Vermutungen mitteilte, würde ich wahrscheinlich für die Mörderin gehalten werden. Daher behielt ich sie für mich.

»Ja, sie wurde erschossen.«

Mir lief es eiskalt den Rücken herunter.

Er musterte mich von oben bis unten, glaubte ich zumindest.

»Haben Sie Ihren Ausweis dabei? Wir müssen alles später noch protokollieren.«

»Ich war Joggen. Glauben Sie, ich nehme dazu meinen Ausweis mit? Haben Sie Ihren Ausweis beim Joggen dabei?«

»Ich jogge nicht. Sie sind verpflichtet, sich jederzeit ausweisen zu können. Kommen Sie bitte fürs Protokoll um zehn Uhr mit dem Ausweis im Revier vorbei.« Er reichte mir seine Visitenkarte.

»Das geht nicht. Ich muss um neun Uhr in der Firma sein und habe dort ein wichtiges Meeting mit japanischen Kunden.«

»So? Jetzt blickte er mich wirklich amüsiert von Kopf bis Fuß in meinem pinkfarbenen Jogginganzug mit den pinkfarbenen Schuhen an.«

»Natürlich nicht so.«

»Sie werden Ihren Termin nicht schaffen«, meinte er mit einem Blick auf seine Armbanduhr. »Es ist genau 8.55 Uhr.«

»Oh«, ich war wütend auf mich selbst. Eine Schnapsidee war das mit dem Joggen. Und dazu im pinkfarbenen Outfit.

»Um 11.30 Uhr bei Ihnen auf dem Kommissariat. Das kann ich schaffen.«

Pünktlich um 11.25 Uhr parkte ich das Auto vor dem Polizeirevier und entstieg ihm businessmäßig in einem dunklen Kostüm mit hochhackigen Schuhen.

Auf dem Korridor kam mir Kommissar Keller bereits entgegen. Für einen Augenblick glaubte ich ein kurzes Aufleuchten in seinem Gesicht wahrzunehmen.

»Leider muss ich umgehend weg.« Er öffnete die Zimmertür und ließ mir den Vortritt. »Mein Kollege wird für mich die Protokollierung übernehmen. Ich werde ihn Ihnen gleich vorstellen.«

Als wir den Raum betraten, drehte der Kollege uns den Rücken zu, weil er sich an der Schublade eines Schrankes zu schaffen machte. Er war schlank, groß gewachsen und hatte blondes, welliges Haar. Die Gestalt kam mir irgendwie bekannt vor.

»Darf ich vorstellen: Mein Kollege …«

»Klaus!« entfuhr es mir.

✩ *Sternentreffen am Horizont*

Sommer. Ein lauer Sommerabend. August. Sternenhimmel.

Unwillkürlich blickte ich nach oben zu den Sternen. Heute erschienen sie mir zahlreicher als sonst. Wahrscheinlich waren sie an diesem schönen Abend genauso gut drauf wie ich und hatten Lust, sich zu treffen. Der Gedanke ließ mich lächeln. Eine wunderbare Vorstellung: Sternentreffen am Horizont!

Wow! Eine Sternschnuppe! Wie lange hatte ich keine mehr gesehen? Schnell kniff ich die Augen zu und formulierte im Stillen meinen Wunsch.

Erschrocken riss ich die Augen auf, als ich einen heftigen Schmerz am Ellenbogen verspürte. Mein Gegenüber rieb sich eine Stelle am linken Rippenbogen. ›Geschieht ihm recht‹, dachte ich.

»Hallo, ›Lady Guck-in-die Luft‹! Wären wir mit dem Auto unterwegs gewesen, hätten Sie eindeutig Schuld an dem Unfall. Ich kam von rechts. Wie das als Fußgänger auf dem Gehsteig aussieht, weiß ich nicht genau. Meinen Sie, hier gilt rechts vor links?«

»Keine Ahnung«, entfuhr es mir genervt. Der führte sich auf wie ein Anwalt.

Unsympathischer Typ! Ich war wütend; auf mich selbst und auf den Mann vor mir. Auf der Josefstraße die Augen zu schließen, um mir wegen einer Sternschnuppe etwas zu wünschen. Das war typisch für mich; unüberlegtes Handeln in Vollendung. Um mich herum herrschte ein Treiben wie in einem Ameisenhaufen. Pärchen kamen mir entgegen, andere schoben sich an mir vorbei. Scheinbar war ich allen im Weg und wich aus, so gut ich konnte. Die Straßencafés waren voll. Die Josefstraße war die Flanier - Meile, um zu sehen und gesehen zu werden. Endlich fiel mein Blick auf mein Gegenüber. Er war dunkelhaarig, etwa in meinem Alter und mit seiner Bemerkung von vorhin hatte er sich bei mir nicht gerade beliebt gemacht.

»Wenn wir beide keine Ahnung haben, können wir zwei Ahnungslosen uns bei einem Cappuccino in einem Café über das Thema austauschen. Was halten Sie davon?« fragte er mich.

»Gar nichts!« Augenblicklich machte ich auf dem Absatz kehrt und ließ ihn stehen. Nach ein paar Metern bemerkte ich, dass ich in der verkehrten Richtung unterwegs war. ›Auch das noch! Zu blöd.‹ Da ich vorhin in meiner Wut einfach losgerauscht war, hatte ich nicht darauf geachtet, in welche Richtung er verschwunden war. Ich drehte um und ging von nun an in die richtige Richtung. Obwohl ich bereits spät dran war, traute ich mich nicht, schneller zu gehen. Es wäre zu peinlich gewesen, ihn zu treffen.

Nach gefühlten zwei Stunden hatte ich es geschafft. Angekommen! Von weitem winkten meine Freunde aus dem Restaurant. Alles Paare: Franz mit Maria, Andreas mit Bea, Sebastian mit Vanessa und Florian mit Kathi. Bis vor kurzem war ich das ebenfalls noch. Die Zeiten änderten sich schneller als gedacht.

«Schön, dass du da bist«, ließ sich Franz mit einem vorwurfsvollen Unterton in der Stimme vernehmen.

»Lass` sie in Ruhe«, meldete sich Kathi. »Das Kleid steht dir phantastisch und dazu die geröteten Wangen. Super!«

Das Kleid hatte ich mir extra für den heutigen Abend gegönnt. Der Preis hatte mein Budget überstiegen. Scheinbar hielt mit dem Sommer die Kauflaune Einzug. Den Kauf bereute ich nicht. Es schmiegte sich eng um meine Taille. Das Grün nahm die Farbe meiner Augen auf. Frausein war herrlich! Und besonders im Sommer. Die Bemerkung zu den geröteten Wangen ignorierte ich.

»Jetzt musst du bestellen. Wir haben das bereits getan.«

Andreas winkte dem Kellner nach der Speisekarte.

Wir trafen uns öfter beim Italiener. Daher kannte ich die Speisekarte. Normalerweise nahm ich die Pizza Capriccioso mit Thunfisch als Extra-Beilage und dazu einen Rotwein. Heute jedoch hatte ich darauf keine Lust. Allerdings wusste ich bislang nicht genau, was ich wollte. Ich schwankte zwischen Lasagne Verde oder Risotto mit Fisch. Lasagne Verde; das wär`s. Die passte gut zu meinem grünen Kleid. Lasagne Verde und grünes Kleid … Irgendwie hegte ich heute Abend absurde Gedanken. Was brachte mich in die ungewohnte Stimmung? Lag es am Sternenhimmel?

Giorgio, der Kellner, erschien und fragte mich nach meinen Wünschen. Ich öffnete gerade den Mund, als um mich herum ein vielstimmiger Chor erklang:

»Die Pizza Capriccioso mit einer Extra-Beilage Thunfisch und dazu ein Viertel Valpolicella.«

Ich war irritiert und zugleich perplex, so dass ich den Mund wieder zuklappte.

Daraufhin verschwand Giorgio mit ›meiner‹ Bestellung.

Insgeheim ärgerte ich mich. Warum hatte ich nicht den Mut gehabt zu sagen, was ich wollte? Warum ließ ich es zu, dass meine Freunde für mich bestellten? Wie konnten die wissen, was ich wollte? Ich war wütend. »Warum wart ihr euch sicher, dass ich die Pizza Capriccioso wollte und nichts anderes?«

Bei der Frage blickte ich einem nach dem anderen fest in die Augen. Alle schauten mich erstaunt an.

»Weil du immer die Pizza Capriccioso mit einer Extra-Beilage Thunfisch nimmst«, antwortete Florian.

»Wenn du ausnahmsweise heute etwas anderes möchtest, rufen wir Giorgio zurück«, warf Sebastian ein und erhob sich im Schneckentempo vom Stuhl.

Mich verließ der Mut. »Nein, passt schon.« In mir brodelte es. Ich war wütend auf mich selbst. Dass ich immer klein beigab und nicht den Mut hatte, mich durchzusetzen!

›Warum gelingt es mir nicht, mich bei anderen durchzusetzen?‹, fragte ich mich.

›Es war dir immer sehr wichtig, was andere von dir denken. Aus dem Grund hast du bislang das getan, was andere von dir erwartet haben‹, flüsterte mir eine Stimme ins Ohr, die ich nur zu gut kannte.

Die mir vertraute Stimme meldete sich zu Wort, wenn ich endlich einmal den Mut hatte, anders zu entscheiden und torpedierte jedes Mal meinen neuen Entschluss.

›Ich hatte keine andere Wahl‹, antwortete ich meiner inneren Stimme.

›Die hast du immer‹, setzte sich der Monolog in meinem Innern fort. ›Aber gib` zu, bist du mit meinen Entscheidungen nicht immer gut gefahren?‹

›Schon …‹

Giorgio brachte einem nach dem anderen das Essen. Ich erhielt es natürlich als letztes, logisch, denn ich hatte als Letzte bestellt. Widerwillig beteiligte ich mich am Gespräch. Gedanklich war ich bei der Pizza, die ich nicht wollte. Jetzt fragten die mich glatt, wie es mir nach der Trennung von Thomas ging. ›Wie sollte es jemanden gehen, wenn die Trennung erst vier Wochen her war? Ich glaube, die wissen nicht, was tief in meinem Innern wirklich vor sich geht‹, dachte ich. Ich starrte auf die Pizza Capriccioso mit der Extra-Beilage Thunfisch, die ich zum einen nicht wollte und zum anderen nicht selbst bestellt hatte. Es reichte. Mit einer entschlossenen Bewegung fegte ich den Teller vom Tisch. Dabei achtete ich peinlich genau darauf, dass der Teller nicht auf meinem neuen Kleid landete, sondern auf dem Boden zwischen mir und Kathi.

Kathi zupfte mich am Ärmel. »Was ist los? Wie konnte das passieren? Du bist doch sonst recht geschickt.«

Sie und ich waren Sandkastenfreundinnen und kannten uns daher sehr gut.

Ich erhob mich. »Das hat überhaupt nichts mit Geschicklichkeit zu tun, sondern mit purer Wut. Wie kommt ihr dazu, für mich zu bestellen?« Ich wandte mich zu Kathi: »Erinnerst du dich, als ich unseren Nachbarn, den Huber, nicht gegrüßt habe oder als ich mit meinem Sonntagskleid in den Kirschbaum gestiegen bin und natürlich der Stoff an einem Ast hängenblieb und zerriss? Meine Mutter erzählte mir daraufhin ewig, dass tut man nicht, sei höflich, denke nach, bevor du etwas tust. Ständig haben meine Eltern mir gesagt, was richtig ist und für mich entschieden. Mein ganzes bisheriges Leben! Jetzt übernehmt ihr die Rolle, indem ihr für mich bestellt. Ich bin es leid. Damit ist von nun an Schluss!« Mein ungewohnter Zornesausbruch hatte mich erschöpft. Ich schwieg. Allerdings stand ich noch immer und schaute in die Runde. Meine Freunde waren erschrocken und blickten mich aus weit aufgerissenen Augen an. Scheinbar hatten sie von meinem Innenleben wirklich keine Ahnung. Wie denn auch! Bislang war ich als besonders lieb und ausgeglichen bekannt. Bei Streitigkeiten zwischen anderen trat ich sogar als Schlichterin auf. Inzwischen schauten die anderen Gäste ebenfalls zu unserem Tisch rüber. Für sie war das ein amüsantes Schauspiel. Erstaunt nahm ich zur Kenntnis, dass mich das

Aufsehen, das ich bei den Gästen erregte, weit weniger mitnahm als die Wut in mir.

»Aber ...«, fing Kathi an.

»Ruhe!«, herrschte ich sie an. »Ich lasse von jetzt an nicht mehr andere über mein Leben entscheiden!«

Von weitem sah ich Giorgio mit einem Kehrblech nahen.

Auf einmal sprang Franz vom Tisch auf und eilte auf einen Mann zu, der sich unserem Tisch näherte. Sicherlich war er froh, dem Aufmerksamkeit erregenden Auftritt meinerseits zu entkommen. Mit dem Mann kehrte er jedoch an den Tisch zurück.

›Oh, das fehlte mir gerade noch! Das war er - der Typ - mit dem ich auf der Josefstraße zusammengeprallt war.‹ Augenblicklich fiel mir das vielzitierte und abgedroschene Sprichwort ein: *Man sieht sich im Leben immer zwei Mal.*

»Markus«, sagte er, indem er mir wie selbstverständlich die Hand hinhielt. »Ich mag Frauen mit Temperament.«

»Jenny«, sagte ich. In Gedanken hörte ich, während ich ihm die Hand hinstreckte, die Stimme meiner Mutter: ›Jenny, das tut man nicht. Du warst zu dem Mann sehr, sehr ungezogen. Entschuldige dich wenigstens.‹ Das wusste ich selbst. Er hatte mich mit seiner Art gereizt. Prompt nahm er neben mir, auf dem einzigen freien Stuhl am Tisch, Platz.

»Vorhin auf der Josefstraße hatte ich mir vorgestellt, mit dir einen Cappuccino zu trinken. Jetzt habe ich sogar die Gelegenheit, mit dir gemeinsam zu essen. Ich habe dein Missgeschick von weitem gesehen und nehme an, dass du weiterhin hungrig bist.« Er blickte zu mir.

Ich nickte.

»Wenn Sie hiermit fertig sind«, dabei drehte er sich zu Giorgio um, der damit beschäftigt war, den Fußboden in seinen unschuldsvollen Zustand zurückzuversetzen, »kommen Sie bitte wieder und nehmen unsere Bestellung auf. Ich bin sehr gespannt, worauf die junge Lady Appetit hat.« Er blinzelte mir verschwörerisch zu.

Mir stahl sich ein zaghaftes Lächeln ins Gesicht.

✩ *Ich liebe mich, ich liebe mich nicht, ich liebe . . .*

Drei Augenpaare blickten mich erwartungsvoll an.

Sie saßen mir gegenüber. Ich fühlte mich verloren, ausgeliefert. Neben mir saß niemand. Ich war allein.

»Möchten Sie mit sich selbst verheiratet sein?«

Es hämmerte in meinem Kopf. Die Worte gingen im Kreis herum und fanden keinen Anfang und kein Ende. Was sollte ich antworten? Die Frage selbst empfand ich als ziemlich schräg. Gleichzeitig wusste ich, dass von der richtigen Antwort meine berufliche Zukunft abhing. Unwillkürlich rutschte ich auf dem Stuhl weiter bis zur Vorderkante. Die Fingerkuppen meiner Hände gruben sich in das Holz des Tisches, so dass die Knöchel hervortraten. Was war die richtige Antwort? Dass ich mich morgens nach dem Aufstehen keinem Partner zumuten mochte, weil ich mich selbst überhaupt nicht leiden konnte? Wenn die Augen sich anfühlten, als ob die Wimpern mit Sekundenkleber zusammengeklebt waren? Wenn jeder Lidschlag gleichwertig mit der Kraftanstrengung bei einem 5- km-Lauf war? Mit jedem Schluck Kaffee besserte sich mein Zustand. Geschminkt und in meiner Lieblingskleidung war er sogar zu ertragen. Den Rest des Tages war es mit mir auszuhalten; meistens, glaube ich zumindest. Natürlich konnte eine Begegnung in der Firma mit Frau Maier mich innerlich zum Kochen bringen. Wenn ich ihr die Unterlagen für ein bevorstehendes Meeting brachte, fragte sie jedes Mal, wie sie sie an die Teilnehmer zu verteilen hatte.

Als ob das so schwer war! Nach der Klärung der Frage setzte sie sich so schnell in Bewegung, dass eine Schnecke das Wettrennen gewinnen würde. Bis heute wusste ich nicht, ob sie wirklich so dumm war oder ob sie meinen persönlichen Siedepunkt jedes Mal auf Neue testen wollte. Abends begab ich mich gern auf die Couch mit meinen Lieblingspralinen und einer Packung Taschentücher. Ich bevorzugte Herz-Schmerz-Filme, bei denen ich mit den Hauptdarstellern litt. Zum Schluss musste es ein Happy End geben!

Gab es für mich ein Happy End in diesem Raum? Die Wände waren weiß getüncht. An der langen Wand links von mir hingen mehrere Bilder. Als Motive fanden sich aufeinander gestapelte Steine, eine gelbe Orchidee auf einem braunen, glänzenden Stein und ein Wassertropfen, der in ein stehendes Gewässer fiel und sich wellenförmig fortpflanzte. Die Bilder kannte ich aus Kalendern. Im Rücken der Gruppe standen ein Flipchart und eine Moderationswand. An der Decke über mir befand sich ein Beamer, dessen Startknopf grün leuchtete. Die Wand rechts von mir war im eigentlichen Sinn keine Wand, denn sie bestand aus einer Fensterfront. Die Fenster reichten von der Decke bis zum Boden. Wahrscheinlich ließen sie sich nicht öffnen, damit sich niemand aus dem Fenster stürzte. Alle paar Meter lockerte eine Grünpflanze in hohen Gefäßen die Front auf. Kleine Glasröhrchen, die aus den Töpfen ragten, zeigten an, dass es sich um Hydrokultur handelte. ›Minimale Pflege wie es in einem modernen Büro üblich war‹, ging es mir durch den Kopf. Den Fußboden bedeckte ein grauer Teppichboden. Die Sonne war durch halb heruntergelassene Jalousien ausgesperrt. Einem plötzlichen Impuls folgend, zog ich die Schultern hoch. Vor jedem Teilnehmer standen auf den weißen Tischen mehrere Flaschen mit Softdrinks und ein Glas.

Waren meine Charaktereigenschaften möglicherweise der Grund dafür, dass ich Single war? Ich konnte mir schon vorstellen, mit mir selbst verheiratet zu sein. Oder? Ein Mann, der zum Beispiel abends Fußball schauen wollte, würde mich total nerven. Fußballspiele konnte ich nicht ausstehen. Ich war dafür, dass jeder Spieler einen eigenen Ball erhielt. Damit hörten das Herumrennen und die Fouls unter den Spielern von selbst auf. In Gedanken ging ich die Männer durch, die ich kannte. Die meisten waren Fußballfans. Unterschiedliche Meinungen trugen nur bedingt zu einer guten Ehe bei, was ich bei meinen Freundinnen mitbekommen hatte. Darüber hinaus gab es in meinem Leben ausschließlich Männer, die morgens mit einem Lächeln aus dem Bett sprangen und unter der Dusche ihren Lieblingssong pfiffen.

Während ich nachdachte, beobachtete ich die einzige Frau in der Runde. Ihren Namen hatte ich vergessen. Sie flüsterte ihrem Nachbarn zur Rechten etwas zu. Dabei blieben ihre Augen auf meine Person geheftet. Mein Gegenüber räusperte sich und schaute zu mir. Er hieß Mittenwald. Den Namen hatte ich mir erstaunlicherweise gemerkt. Wahrscheinlich, weil er mich mit seinem dunklen, welligen Haar und den braunen Augen an Markus erinnerte.

»Frau Wagner, wie lautet Ihre Antwort?« fragte er mich.

»Oder soll ich die Frage noch einmal wiederholen?«

»Nein, das ist nicht nötig«, beeilte ich mich zu sagen.

»Wer möchte schon mit sich selbst verheiratet sein? Jeder sucht sich doch eher ein Pendant. Damit wird eine Beziehung spannender.« Die Antwort kam mir sehr schlau vor. Ich fand, ich hatte den Kopf gut aus der Schlinge gezogen.

In die Gruppe kam Bewegung. Herr Mittenwald legte die Unterlagen vor sich zu einem Stoß zusammen. Mit der Unterkante stieß er sie beim Hochnehmen leicht auf den Tisch. Er schaute zu seinen Kollegen. Beide blickten ihn an und nickten.

»Danke Frau Wagner, dass Sie sich die Zeit für ein Gespräch mit uns genommen haben. Sie hören in den nächsten Tagen von uns.« Damit erhob er sich.

Mir blieb nichts anderes übrig, als ebenfalls einen Dank zu murmeln und aufzustehen. Beim Hinausgehen bestanden meine Knie aus Watte. Mit Mühe verhinderte ich, dass sie nachgaben. Hoffentlich sah man das meinem Gang nicht an. Sonst meinten die womöglich, ich sei betrunken! Und das bereits am Vormittag! Draußen vor der Tür legte sich die Anspannung. Die angenehme Kühle tat mir gut. Ich atmete tief durch und blickte auf die Armbanduhr. Bis zum Treffen mit Jenny, meiner besten

Freundin, hatte ich eine Stunde Zeit. Gemächlich schlenderte ich durch den Park und setzte mich auf eine Bank unter das Blätterdach einer Linde. Den Kopf leicht zurückgelegt, beobachtete ich ein Entenpärchen mit seinen Jungen auf dem nahe gelegenen Teich. Die hatten es gut! In Gedanken ging ich das Bewerbungsgespräch noch einmal durch. Hatte ich mich gut verkauft? Ich war mir nicht sicher. Das Verhalten der Personaler ließ keinen Rückschluss auf das Ergebnis zu. Ihre Gesichter ähnelten einem Pokerface. Zudem wusste ich nicht, welchen Einfluss die Frau auf das Gesprächsergebnis hatte. Sie schien mich nicht zu mögen. Das schloss ich aus ihren Augen. Während des Gesprächs versuchte ich, mit ihr Augenkontakt aufzunehmen. Da sie die einzige Frau in der Runde war, vermutete ich vorab, dass sie auf meiner Seite war. Meine Augen drangen nicht bis in ihr Inneres vor. Es gab nichts, woran ich meinen Blick festmachen konnte.

»Erzähl`, wie ist es gelaufen?«, empfing mich Jenny.

»Ich habe es überlebt.«

»Das sehe ich. Du weißt, dass ich das nicht meine. Welche Fragen haben sie dir gestellt? Wollten sie wissen, ob du irgendwann Kinder haben willst? Du weißt, dass du die Frage nicht wahrheitsgemäß beantworten musst.« Jenny sprudelte vor Neugier förmlich über.

»Ihre Fragen waren eigentlich ganz fair«, fing ich an. »Nur eine Frage empfand ich als merkwürdig.«

»Welche?«

»Sie wollten wissen, ob ich mich selbst heiraten würde.«

Jenny hielt sich die Hand vor den Mund und brach in ein lautes Lachen aus. »Du hast denen sicherlich erzählt, dass du dich sofort heiraten würdest, so sehr wie du dich liebst. Außerdem kennst du dich selbst am besten.« Ein Blick auf mich ließ sie in ihrer Begeisterung innehalten. »Du hast es ihnen nicht gesagt?«

»Na ja, nicht direkt.« Ich erinnerte mich daran, dass ich auf dem Stuhl auf die Vorderkante rutschte und die Handknöchel sich in das Holz des Tisches zu bohren schienen. Ein No-Go in jedem Vorstellungsgespräch!

»Was hast du geantwortet?«

»Eher, dass jeder mehr die ergänzenden Eigenschaften im Partner sucht, damit die Beziehung spannend ist. Wie sieht das denn aus, wenn ich sage, natürlich heirate ich mich selbst, so toll wie ich bin? Die denken doch bestimmt, ich sei total egoistisch und für Teamwork absolut ungeeignet.«

Jenny pfiff durch die Zähne und rollte die Augen. »Das war`s dann wohl. Adieu 4.000 Euro brutto monatlich! Weißt du nicht, dass es neuerdings eine wichtige Kompetenz ist, sich selbst zu lieben? Nur wer sich liebt, ist in der Lage, Liebe an seine Mitmenschen weiter zu geben. Mit Egoismus hat das rein gar nichts zu tun.«

Ich rutschte auf meinem Stuhl zusammen.

In den nächsten Tagen löste der Blick auf den Briefkasten abends nach der Arbeit eine Kettenreaktion in mir aus. Einerseits interessierte es mich, ob man sich für mich entschieden hatte. Auf der anderen Seite war mir nach Jennys Standpauke klar, dass ich verloren hatte. Mit zittrigen Fingern blätterte ich einen Brief nach dem andern durch. Nichts! Das ging fast zwei Wochen so. Als ich schon nicht mehr mit einer Antwort rechnete, befand sich der Brief von der Firma darunter. Als Briefmarke prangte ein Motiv mit übereinander gestapelten Steinen auf dem Umschlag. Wie sinnig! In der Wohnung legte ich den Brief mitten auf den Küchentisch und versuchte ihn vorerst zu ignorieren. Ich ging ins Bad zum Duschen. Danach schaltete ich den Fernseher ein und schaute eine Sendung, die ich normalerweise nie auswählte. Als ich in die Küche ging und mir ein Butterbrot schmierte, sah ich wieder den Brief auf dem Tisch liegen. Jetzt oder nie! Mit dem schmutzigen Messer schnitt ich die obere Kante des Umschlags auf und zog den Brief heraus.

›… laden wir Sie am kommenden Mittwoch, 18. August, ein, alles Weitere mit uns zu besprechen.‹ Sie wollten mich! Ja, ja, ja! Ich hatte es geschafft! Vor Freude hüpfte ich wie ein kleines Mädchen mit dem Schreiben in der Hand um den Küchentisch herum. Plötzlich fielen mir die Gefühle in dem Raum ein, die während des Gesprächs in mir hochkamen.

✩ *Ein Frauenflüsterer unter Vipern*

Endlich Feierabend! Vor mir lag ein langes Wochenende in Jogginghose und T-Shirt daheim auf der Couch. Die leckeren, dunklen Pralinen vom Hofer, deren Anblick allein eine Sünde war und mir ein Kilo mehr auf die Hüften zauberte, warteten auf dem Wohnzimmertisch. Im Keller lagerten die Erinnerungen aus dem letzten Frankreichurlaub in Form von mehreren Flaschen Rotwein. Das Wochenende konnte - fast - kommen. Zur Vollkommenheit fehlte mir ein Buch zum Schmökern. Der neue Roman von Andreas Augustin wurde auf der Frankfurter Buchmesse hoch gelobt. Ob er die Vorschusslorbeeren verdiente? Mit seinen bisherigen Werken konnte ich mich nicht anfreunden. Das Wochenende bot die Gelegenheit, das herauszufinden.

Spontan entschloss ich mich, beim Huber vorbei zu schauen und das Buch zu kaufen. Ein ums andere Mal wich ich einem Strom eiliger Passanten von links und rechts in der Fußgängerzone aus. Irgendwie hatte ich den Eindruck, in der falschen Richtung unterwegs zu sein. Außer mir hatte augenscheinlich niemand die Idee, den Platz zu überqueren. Schließlich erreichte ich den Eingangsbereich. Die Romane waren im ersten Stock zu finden; das wusste ich. Zielsicher steuerte ich die Rolltreppe an - und wurde von einer Menschenmenge an ihr vorbeigeschoben in Richtung des hinteren Bereichs im Erdgeschoss.

»Drängeln Sie nicht so. Unverschämt!«, zischte eine Frauenstimme neben mir.

»Drängeln, ich?« Die Worte hatte ich wohl versehentlich laut gesprochen.

»Ja, Sie«, hörte ich. Mit hochgezogenen Augenbrauen musterte ich mein Gegenüber. Geschätzte Anfang 30, raffiniert geschminkt, ob echt blond oder nachgeholfen, konnte ich auf Anhieb nicht entscheiden; Business-Kostüm. Wie ich kam sie höchstwahrscheinlich direkt aus dem Büro. Ich blickte mich um und bemerkte, dass hauptsächlich weibliche Kunden auf dem Weg in den hinteren Bereich der Buchhandlung waren. Viele schimpften und stießen ihren Ellenbogen in die Rippen der Nachbarin. Den Augenblick des Schmerzes nutzten sie, um an ihr vorbei weiter nach vorne zu rücken. Meine Neugier war geweckt. Von nun an ließ ich mich schieben. Nach ein paar Metern stoppte die Gruppe. So gut es ging, versuchte ich zwischen den herumstehenden Menschen nach vorn zu blicken. Der vordere Teil war abgesperrt. Ich erkannte mehrere Stuhlreihen hintereinander. Ganz weit vorne saß jemand an einem Tisch, der nur in der Mitte von einer Lampe erhellt wurde. Meine Augen hatten Probleme, sich auf die neuen Lichtverhältnisse einzustellen. Eine Lesung! So viel begriff ich. Den Umrissen nach zu urteilen, handelte es sich um einen Mann auf der Bühne. Von Sicherheitskräften wurden mehrere Frauen vor mir zu den zwei hinteren Stuhlreihen geführt. In ihnen erkannte ich einige der Dränglerinnen von eben wieder. Ob sie sich das so vorgestellt hatten? Ich wollte ihnen folgen, als ein Mann vom Sicherheitsdienst mich per Handzeichen aufforderte, mit ihm weiter Richtung Podium zu gehen. Ich tat ihm den Gefallen und setzte mich folgsam auf den mir zugewiesenen Platz am Ende der Reihe. Entgegen meiner Absicht erhielt ich einen VIP-Platz in der ersten Reihe. Wenn mich jetzt das blonde Gift aus dem Büro von vorhin sehen könnte! Der Mann auf der Bühne hob den Kopf und sah ins Publikum.

Augenblicklich wurde es mucksmäuschenstill. Alles schaute gebannt nach vorn; ich auch. Langsam gewöhnten sich meine Augen an das Halbdunkel. Meine Blicke richteten sich auf seine Person. Noch bevor ich mich ihm weiter widmen konnte, begann er zu lesen. Die Stimme … ! Auf meinem Platz richtete ich mich kerzengerade auf, um besser sehen zu können. Interessiert verfolgte ich seine Bewegungen. Beide Hände befanden sich auf dem Tisch. Sie blätterten von Zeit zu Zeit die Seiten um. Dann und wann machte er eine Pause beim Lesen. Währenddessen blickte er die Zuhörer direkt an. Für einen kurzen Augenblick trafen sich unsere Augen. Ich bemerkte ein Aufflackern in den seinen. Nach ein paar Wörtern begann er den Satz erneut. Sofort wandte ich den Blick von ihm ab.

Die folgenden Abschnitte las er fehlerlos.

Zum wiederholten Mal in diesem Jahr hatte mein Chef beschlossen, mich auf eine Weiterbildung zu schicken. Obwohl es als Auszeichnung gedacht war, teilte ich seine Meinung nicht. Ein weiterer Tag, an dem die Arbeit auf dem Schreibtisch liegen blieb. Stattdessen würde ich einem Dozenten lauschen, der seinen Stoff gnadenlos herunter spulte und die Befindlichkeiten seiner Kursteilnehmer missachtete.

Im Eingangsbereich des Weiterbildungszentrums suchte ich mir die Raumnummer heraus: ›Dritter Stock, Raum 8.‹ Ich begab mich zum Fahrstuhl und starrte auf das Schild: ›Außer Betrieb!‹ Das fing gut an. Treppensteigen als morgendliche Fitness zu betrachten, war nicht mein Ding. Im Allgemeinen erwachten meine Lebensgeister erst mittags. Im dritten Stock stand die Tür zum Raum offen. Ein paar Meter davor blieb ich stehen und spähte hinein. Einige Teilnehmer waren bereits anwesend. Sie standen in einer Gruppe locker zusammen. Mit einem ›Guten-Morgen‹ betrat ich den Raum. Kurz hinter der Tür stoppte ich. Dort lagen auf einem Tisch die einzelnen Namenskärtchen der Teilnehmer bereit. Mit geübten Augen überschlug ich die Anzahl der Kursteilnehmer anhand der Kärtchen. Ungefähr 15 würden es werden, wenn alle erschienen; nicht unbedingt viele. Mit dem Namenskärtchen in der Hand stand ich im Seminarraum und überlegte, wo ich mich am besten hinsetzte. Ich entschied mich für einen Platz mit direktem Blick zum Dozenten. Es ersparte mir, stundenlang über die rechte oder linke Schulter zu schauen. Auf einem anderen Tisch standen Getränke und kleine Snacks. Auch hier wählte ich meine

Favoriten aus. Mit allem Nötigen versorgt, war ich in der Lage, mich dem Smalltalk der anderen Teilnehmer zu widmen. Noch zehn Minuten bis zum Beginn stellte ich beim Blick auf meine Armbanduhr fest. Bislang war der Dozent nicht erschienen. ›Entweder befand er sich im Stau oder er war so erfahren, dass er keine Vorbereitung brauchte‹, dachte ich im Stillen. Ich widmete mich wieder dem Smalltalk. Obwohl ich mit dem Rücken zur Tür stand und nichts sehen konnte, spürte ich die Veränderung im Raum. Augenblicklich erstarb das Gespräch und die Kursteilnehmer - übrigens allesamt weiblich - wandten sich Richtung Tür; mich eingeschlossen. Im Türrahmen erschien ein Mann im grauen Anzug. Der passte perfekt zu seinem grauen Haar, das an einigen Stellen der Kopfhaut den Vortritt ließ. Das Gesicht war rund wie ein Ball. Die Augen blitzten und die Lippen lächelten, wobei sich um die Augen und in den Mundwinkeln kleine Fältchen bildeten. In der Breite füllte er den Türrahmen komplett aus, wozu wahrscheinlich die schwarze Aktentasche beitrug, die er in der rechten Hand hielt. Nur nach oben hin war noch Luft.

»Warten Sie auf mich?«, fragte er, während er an uns allen vorbei mit kleinen, schnellen Schritten Richtung Dozententisch strebte. Mit einer schwungvollen Bewegung stellte er die Aktentasche auf den Tisch. Dabei schaute er fragend in die Runde.

»Wenn Sie Dr. Meyer sind, warten wir auf Sie«, antwortete die erste Teilnehmerin, die ihre Sprache wiederfand.

»Der bin ich.« Seine Stimme klang angenehm dunkel. Eine hohe Tonlage bei einer Männerstimme ginge für mich gar nicht! Er rieb sich die Hände und meinte zu uns gewandt: »Wenn Sie alle Platz genommen haben, kann es losgehen.«

Mir war gar nicht bewusst, dass ich noch immer am Eingang stand. Ich glaube, so ging es den meisten von uns. Auf eine besondere Weise füllte er den Raum. Schnell setzten wir uns auf unsere Plätze. Mit ein paar kurzen Sätzen stellte er sich vor. Sein Lebenslauf war für sich betrachtet nichts Weltbewegendes. Ich kannte zahlreiche Männer, die nach einem Wirtschaftsstudium promovierten. Es war seine besondere Art, Dinge in Bildern mit viel Humor zu erzählen. Wir konnten uns genau vorstellen, wie er während des Studiums in seinem Nebenjob als Kellner an seinem ersten Tag das Tablett schief hielt, so dass sich der Teller mit dem Sauerbraten selbständig machte und auf der Hose des Gastes landete. Er verglich den Tag im Restaurant mit dem Leben einer Eintagsfliege; geschlüpft, um zu sterben oder in seinem Fall: Ein Fauxpas und aus war es mit der Karriere als Aushilfskellner! Im Verlauf unserer Vorstellungsrunde blickte er jeder Kursteilnehmerin aufmerksam in die Augen. Danach stellte er eine Frage oder fasste das Gesagte kurz zusammen. Jede Einzelne von uns hatte in dem Augenblick den Eindruck, die einzig Wichtige zu sein. Den trockenen Unterrichtsstoff füllte er mit Anekdoten aus seinem Leben als Dozent oder mit Textausschnitten aus einem seiner Bücher. Ich schätzte ihn auf ungefähr Anfang 60, so dass in seinem Berufsleben ein beachtliches Repertoire an Geschichten zusammen kam. Im Nu nahte die Mittagspause. Seine Person hatte mein Interesse geweckt. Ich wollte wissen, wie ein Mensch es schafft, andere vollkommen in den Bann zu ziehen. Nach seiner Aussage waren im Restaurant mehrere Tische für uns reserviert. Mir war es wichtig, mit ihm zusammen an einem Tisch zu sitzen, um ihn weiter studieren zu können. Aus dem Grund verwickelte ich ihn auf dem Weg zum Restaurant in ein Gespräch. Mein Plan ging auf. Er nahm an meinem Tisch und sogar neben mir Platz. Zum Buffet schwärmten wir alle aus. Als wir uns mit den vollen Tellern an unsere Plätze setzten, schaute ich einem hypnotisierten Kaninchen gleich auf seinen Teller. Nach meinen Beobachtungen ging es den anderen Teilnehmerinnen am Tisch nicht anders. Er hatte sich zweifellos das meiste Essen auf den Teller geladen. Entspräche das Essen auf seinem Teller einem Berg, hätte sich ein Bergsteiger bei der Bezwingung des Gipfels anseilen müssen, um nicht abzustürzen. Belustigt folgte er unseren Blicken. Er legte die rechte Hand auf seinen ansehnlichen Bauch und meinte zu uns: ›Ich esse für mein Leben gern.‹ Das glaubten wir ihm aufs Wort. Der Rest des Kurses verlief weiterhin positiv. Dr. Meyer steckte uns mit seiner Energie und guten Laune an. Als wir bei einem komplizierten Sachverhalt ihm nicht mehr aufmerksam folgten, spürte er instinktiv, dass wir eine Pause brauchten. Ich hatte den Eindruck, dass er die

Fähigkeit besaß, sich in die Gedanken jeder einzelnen Teilnehmerin einzuklinken. Sein Charme tat ein Übriges. Wenn es Pferdeflüsterer gab, gehörte er meiner Meinung nach zu den Frauenflüsterern.

Nach dem Seminar beschloss ich, mich ins Restaurant zu setzen. Ich hatte partout keine Lust, um die Zeit mit dem Auto im Stau zu stehen. Da ich gerne Menschen beobachtete, wählte ich einen Tisch, der etwas versteckt lag. Als ich gerade mit dem Studieren der Speisekarte beschäftigt war, hörte ich eine vertraute Stimme fragen:

»Frau Huber, darf ich mich dazu setzen? Die Straßen sind mir um die Zeit zu voll.«

Der Gedankenaustausch war so anregend, dass wir nicht bemerkten, dass die anderen Gäste das Restaurant verlassen hatten. Erst der Kellner machte uns höflich darauf aufmerksam. Später im Auto überlegte ich, meinen Chef auf weitere Weiterbildungskurse anzusprechen.

Nach der Lesung verbeugte sich Dr. Meyer vor seinem Publikum. Lächelnd beobachtete ich, dass zahlreiche Frauen mit ihrem Buch zu ihm auf die Bühne stürmten. Ich fing den fragenden Blick seiner meerblauen Augen auf. Schnell verließ ich den Saal.

✿ *Das Glück lässt mich links liegen*

»Schau dir das an!« Annamaria blickte auf ihr T-Shirt. Dort hatte sich eine nun nicht mehr zusammengeklappte Wurstsemmel breit gemacht. Die einzelnen Hälften lagen mit der Wurst- beziehungsweise mit der Fettseite nach unten auf dem T-Shirt. »Ich weiß nicht, wieso mir das ständig passiert!«

Sie hielt Moni so gut es ging das T-Shirt hin. »Heute Morgen beim Frühstück habe ich schon Flecken darauf gemacht. Dabei ziehe ich sowieso nur noch Schlabberlook an.«

»Bis zum Abend wirst du es sicher schaffen, weitere Flecken hinzuzufügen, damit sich das Waschen lohnt«, meinte Moni lachend.

Annamaria blieb stumm. In ihrem Innern rumorte es. Sie blickte zu Moni. Der enge Rock umspielte die schmalen Hüften. Das geblümte T-Shirt betonte ihren Busen. Sie könnte geradezu einem Modemagazin entstiegen sein. Annamaria schaute auf ihr graues T-Shirt. Die Flecken mit der Erdbeermarmelade von heute Früh verliehen ihm an einigen Stellen rote Punkte. Weit geschnitten fiel es über ihre Hüften. Trotzdem reckte sich der Bauch hervor. ›Ich habe zwei Kinder bekommen. Damit ist die Figur eines jungen Mädchens vorbei‹, dachte sie still für sich.

Seit der Kindheit waren Annamaria und Moni beste Freundinnen. Sie trösteten einander beim Ärger mit den Lehrern und halfen sich gegenseitig über den ersten Liebeskummer hinweg.

Wen wundert`s, dass beide fast zur gleichen Zeit heirateten; Annamaria den Stefan und Moni den Markus. Nach über einem Jahr klopfte der Klapperstorch an Monis Tür und brachte Emma. Und - wie hätte es anders sein können - lieferte nur zwei Monate später Meister Adebar Elias als Expresssendung bei Annamaria und Stefan ab. Mit der Geburt von Sophia komplettierte sich Monis Familie. Zu Annamaria und Stefan gesellte sich Sarah. Kindererziehung war von da an zwischen ihnen das beherrschende Thema.

Heute saßen Annamaria und Moni auf einer Bank am Spielplatz und beobachteten ihre Kids. Neben ihnen auf der Bank türmten sich zwei Rucksäcke; gefüllt mit Flaschen und anderen Kleinigkeiten. Kinder brauchen viel Flüssigkeit. Und wenn sie an einem warmen Tag wie diesem toben erst recht. Für den Appetit zwischendurch gab es kleine Snacks aus Obst. Den wirklich großen Hunger stillten liebevoll belegte Semmeln. Für die komplett ausgehungerten Kinder hielt der Rucksack Wienerle bereit. Kinder mögen Wienerle. Dazu fanden diverse Milchschnitten ihren Weg in den jeweiligen Rucksack. Vom Inhalt eines Rucksackes hätte eine dreiköpfige Familie eine Woche lang inmitten der Pampa überleben können.

Annamaria blickte auf die Rasselbande vor sich. Die tobte von der Schaukel über die Rutsche durch den Sand wieder zur Schaukel und lieferte sich eine wilde Verfolgungsjagd. Sarah fing den Blick ihrer Mutter auf und winkte ihr kurz zu. Wie groß ihr Mädchen mit seinen vier Jahren bereits war! Seit kurzem bahnte sich ein neuer Gedanke den Weg in Annamarias Kopf. Am Anfang tauchte er selten auf. Mittlerweile nahm er öfter von ihr Besitz.

Elias und Sarah schliefen nach dem Abendessen schnell ein. Annamaria saß mit Stefan im Wohnzimmer beisammen. Er las die Tageszeitung.

»Duu«, fing Annamaria an.

»Mmh«, ließ sich Stefan vernehmen, ohne aufzublicken.

»Duu, liebst du mich nach all den Jahren eigentlich noch?«

»Natürlich.« Er las weiter.

»Was heißt hier natürlich? So natürlich ist das nach zehn Jahren Ehe nicht mehr.«

»Das tue ich noch immer.« Inzwischen hatte Stefan für einen kurzen Moment von seiner Zeitung aufgeschaut und auf die Couch zu seiner Frau geblickt.

Annamaria war mit der Antwort ihres Mannes nicht zufrieden. Sie spürte am Unterton, dass er leicht gereizt war. »Was genau liebst du an mir?«

»Einfach alles.«

Annamarias Unruhe steigerte sich. Einfach alles! So eine nichtssagende Antwort. Was wäre ihr nicht alles eingefallen, wenn er sie gefragt hätte? Sein Lachen, die Grübchen, seine Art, wie er sie anschaute, die Schnitzel, die nur er so gut hinkriegte, wenn sie im Garten grillten, sein Umgang mit den Kids.

Sie hätte die Liste unendlich fortsetzen können. Einfach alles - lächerlich. Das meinte er bestimmt nicht so, wenn er noch nicht einmal in der Lage war, ein winziges Detail aufzuzählen. Seit längerem fragte sie sich, warum er ausgerechnet sie geheiratet hatte. Viele Frauen hatten ihn gewollt. Der morgendliche Blick in den Spiegel zeigte ihr, dass sie keine Schönheit war. Die Augen beherrschten das Gesicht und dazu die vollen Lippen … Ein Wunder, dass sie einen Mann wie Stefan gefunden hatte. Nein, schön war anders. Ihre Freundin Moni zum Beispiel. Die hatte das, wovon Männer träumten. Ein ebenmäßiges Gesicht, umrahmt von dunklen Locken und als Dreingabe der Natur eine Superfigur. Sie war ein Glückskind. Sie konnte alles. Was sie anfasste, wurde zu Gold und ständig war Moni gut drauf. Annamaria war es ein Rätsel, wie es jemandem gelang, jeden Tag gute Laune zu haben. Glück hatten die anderen. Zum Beispiel heute auf dem Spielplatz. Moni hatte ebenfalls eine Wurstsemmel gegessen. Wer hatte sich bekleckert?

Seit einigen Monaten spielte Annamaria mit dem Gedanken, wieder zu arbeiten. Bislang behielt sie die Idee für sich. Im Gegensatz zu Moni hatte sie damals nach der Geburt von Elias bei ihrem Arbeitgeber gekündigt. Sie wollte ausschließlich für ihren Sohn da sein. Ihn nicht jeden Tag zur Kita bringen, nach der Arbeit nach Hause hetzen und sich darüber hinaus um Haushalt und Erziehung kümmern. Elias sollte ein glückliches Kind sein, das seine Mutter ständig um sich hatte und die da war, wenn es sie brauchte. Mit der Geburt von Sarah festigte sich ihre Meinung, dass die damalige Entscheidung richtig war. Wie hätte sie mit zwei kleinen Kindern alles unter einen Hut bringen können? Ja, Moni, das Glückskind, schaffte den Spagat natürlich, weil Markus sie unterstützte. Stefan bestärkte sie damals in ihrem Entschluss, die Berufstätigkeit aufzugeben.

»Ich verdiene genügend Geld. Du hast es nicht nötig, zu arbeiten«, meinte er.

Inzwischen waren die Kinder fast neun und vier Jahre alt. Vormittags waren beide außer Haus, so dass sie sich vorstellen konnte, zumindest halbtags berufstätig zu sein. Oftmals fragte sie sich, ob die Idee gut war. Ihr ehemaliger Arbeitgeber hatte Personal abgebaut. Damit schien eine Rückkehr auf die alte Stelle aussichtslos. Schluss mit den Gedanken! Morgen war auch noch ein Tag.

In der Früh machte Annamaria wie jeden Tag ihre Einkaufsrunde im Einkaufszentrum. Beim Metzger traf sie Moni. »Was machst du hier?«

»Ich kaufe Kuchen! Nein, im Ernst, ich kaufe ein wie du.«

»Normalerweise arbeitest du um die Zeit.«

»Aber heute habe ich frei und nutze den Vormittag zum gemütlichen Einkaufen.«

»Hast du Lust auf einen Cappuccino beim Italiener gegenüber? Wir ratschen ein bisschen ohne die Kids?«

»Ja, vormittags habe ich frei. Emma und Sophia kommen erst

am Nachmittag heim.«

Sie fanden einen gemütlichen Tisch in einer Ecke. Zu ihrem Cappuccino bestellte Annamaria ein Stück Torte. Als sie mit der Gabel vorsichtig die Spitze abbrach und zum Mund führte, passierte es: Das kleine Stückchen verfehlte ihren Mund und verewigte sich auf dem T-Shirt. »Oh, schau dir das an. Wie gestern! Warum passiert dir so etwas nicht, sondern nur mir?«, stöhnte sie auf.

»Weil ich keine Torte bestellt habe. Nein, wirklich. Glaubst du, ich bekleckere mich nie?«

»Deine Kleidung ist ständig super-sauber. Dir kann das gar nicht passieren. Das geschieht nur mir.«

Moni lachte laut. »Hast du eine Ahnung! Wenn mir das zuhause passiert, ziehe ich mich um. Mein Kleiderschrank ist prall gefüllt, so dass sich leicht Ersatz findet. In der Firma habe ich für den Notfall Kleidung zum Wechseln deponiert. Es ist unmöglich, vor den Kunden mit fleckiger Kleidung zu erscheinen.«

Annamarias Augen weiteten sich ungläubig. »Dir passiert das auch?«

»Meinst du, ich bin davor gefeit?« Jetzt war es an Moni erstaunt zu sein.

›Auf die Idee, sich umzuziehen, hätte sie selbst kommen können‹, schalt sich Annamaria. Sie ging davon aus, dass sich zum ersten Fleck im Verlauf des Tages weitere dazugesellen würden, so dass sich das Umziehen nicht lohnte. Annamaria erzählte ihrer Freundin von dem Gedanken, wieder arbeiten zu wollen.

»Endlich! Tolle Idee! Ich dachte, du kommst nie darauf.«

»Meinst du, ich kann es schaffen, wo ich so lange aus meinem Beruf raus bin und dazu die Kinder noch klein sind? Wer nimmt mich schon? Du weißt, dass meine alte Firma Stellen abgebaut hat?«

»Warum nicht? Ich habe gearbeitet, als meine Kinder viel kleiner waren als deine und habe es geschafft.«

»Ja, du… Du schaffst alles.«

»Sag` mal, willst du künftig arbeiten oder möchtest du, dass ich mir ein riesengroßes Handtuch für meine Tränen nehme, während ich dich bemitleide? Dann lass` uns eins kaufen gehen.«

»Nein, aber …«

»Ich glaube, du musst für dich erst einmal klären, was du willst. Wenn du bereits annimmst, dass du keinen Job findest, wird es so sein«, fiel ihr Moni leicht gereizt ins Wort.

Annamaria stocherte in ihrer Torte herum. Der Appetit war ihr gründlich vergangen. Auf die Art hatte sie die Dinge bislang nie betrachtet. Zu Hause ging Annamaria das Gespräch mit ihrer Freundin nicht aus dem Kopf. Sie war stiller als sonst. Ihre Gedanken kreisten um die vorherige Unterhaltung während sie das Abendbrot für ihre Familie richtete. Sie stellte das Geschirr auf ein Tablett, um es ins Esszimmer zu bringen. Beim Gehen blieb sie mit dem Ellenbogen am Türstock hängen. Das Geschirr landete auf dem Fußboden. Einiges ging dabei zu Bruch. Im ersten Moment erstarrte sie über ihr Missgeschick. ›Das darf nicht wahr sein. Schon wieder!‹ Sie bückte sich, um die Scherben aufzusammeln.

Elias stieß sie mit leichter Gewalt weg. »Mama, lass` mich das machen. Sonst schneidest du dich.«

✯ *Und zum Schluss bleibt ein Kaktus*

Morgen war der Tag, auf den er sein Leben lang gewartet hatte. Natürlich nicht schon als kleiner Junge. Zu der Zeit war der Tag bedeutungslos. Aber als junger Mann. Da malte er sich den morgigen Tag bereits aus. Im Laufe seines Lebens wurde der Tag mit jedem Jahr bedeutungsschwerer.

Bedeutungsschwer? Gab es das Wort? Wenn nicht, hatte er es soeben erfunden, denn es traf genau sein Gefühl. Für ihn war der Tag der bedeutendste in seinem Leben. Gleichzeitig spürte er in seinem Herzen eine Melancholie, die neu für ihn war. Er dachte an die Umfrage, die er unlängst in der Zeitung gelesen hatte. ›Welches war der bisher bedeutendste Tag in Ihrem Leben, hieß es dort.‹ Für 65 Prozent war es der Tag der Hochzeit, der Geburt der Kinder, der Einzug in das eigene Haus.

»Ha«, entfuhr es ihm. »So ein Blödsinn! Hochzeit, Geburt der Kinder, Hauskauf ... Das ist der Beginn der Unfreiheit. Nur die meisten Menschen ahnen es nicht. Die wirkliche Erkenntnis kommt erst später. Kinder kosten Geld und Nerven oder umgekehrt? Und Hochzeit? Die Familienfeier an sich an dem Tag ist ok, wenn danach nicht 10, 20 oder 30 Jahre Ehe folgen würden. Sollten die Herren Reporter die Jungvermählten in zehn Jahren wieder fragen, ob der Hochzeitstag wirklich der schönste ihres Lebens gewesen sei. Sicherlich fielen die Antworten dann anders aus.«

Was jedoch für ihn zählte war allein der morgige Tag. Sein

täglicher Traum seit nunmehr fast 35 Jahren. Auf den Tag hatte er sich sein Leben lang konzentriert, sich ihn in seiner Vorstellung immer wieder ausgemalt. Heute Nacht würde er ein letztes Mal davon träumen.

Morgen ist die Zukunft Gegenwart und die Gegenwart Vergangenheit.

Er wusste nicht mehr, woher er den Satz hatte. Er klang abgedroschen. Doch genauso empfand er. Einmal noch schlafen! Vor lauter Aufregung würde er länger warten müssen, bevor ihn der tägliche Traum im Bett besuchte.

Er erwachte, weil die Sonnenstrahlen seine Augen trafen. Schlaftrunken blinzelte er in die Sonne. Plötzlich war er hellwach.

Heute!

Der Inbegriff der Freiheit! Von jetzt an jeden Tag! Gleichsam von selbst schwangen sich seine Beine aus dem Bett. Es folgte das morgendliche Ritual im Bad. Unverändert so lange er denken konnte. Er blickte sein Gegenüber im Spiegel aufmerksam an und lauschte den unausgesprochenen Worten. Jede Falte in seinem Gesicht sprach zu ihm. Die Lachfältchen um seine Augen erzählten von den Ereignissen, die Spaß, Freude und Leichtigkeit in sein Leben gebracht hatten. Auf seiner Nasenwurzel gab die steile Falte Zeugnis ab von den Auseinandersetzungen mit anderen Menschen, oftmals mit den Kollegen. Die beiden leichten Falten neben den Mundwinkeln spiegelten Lebenserfahrungen wider, die ihn gelehrt hatten, dass das Leben manchmal gleichsam einem ›Tango bitter sweet‹ war. Leicht fuhr er mit der linken Hand über seine Wangen. Der Bartwuchs war stark. An einigen Stellen jedoch kaum sichtbar, weil die Farbe von einem Schwarz zu einem Weiß gewechselt hatte. Nur die Augen. Sie blickten ihn weiterhin unverändert mit ihrem hellen Graublau an. Wie jeden Abend hatte er sich gestern seine Kleidung für den heutigen Tag zu Recht gelegt. Seine Wahl fiel auf einen dunklen Anzug mit einem weißen Hemd. Die Krawatte hatte er für heute extra neu gekauft: Rosa mit feinen silbernen Streifen. Nein, er gehörte nicht zu dieser Sorte Männer! Mit seinem Kauf wollte er endlich von den genormten Kleidungsvorschriften der letzten Jahrzehnte abweichen. Wo stand die Vorschrift, dass die Krawatte nicht rosa sein durfte? Angestrengt dachte er nach. Ihm fiel jedoch nicht ein, irgendwann in den vielen Jahren eine entsprechende Textpassage gelesen zu haben. Warum hatte er sich trotzdem daran gehalten? - In der Küche gab er zwei Scheiben Weißbrot in den Toaster; wie jeden Tag. Dazu brühte er mit dem Filter den Kaffee auf; wie jeden Tag. Neumodische Kaffeemaschinen mochte er nicht. Mit einem leichten ›Plopp‹ sprangen die Brotscheiben aus dem Toaster; wie jeden Tag. Und doch, es kam ihm vor, als sprängen sie heute höher. Sogar der Kaffee, schwarz, wie immer, schmeckte anders. Im Flur griff er neben der Garderobe wie gewohnt nach der Aktentasche. Sorgfältig verschloss er hinter sich die Wohnungstür.

Heute verzichtete er auf den Bus und ging zu Fuß. Die Zeit gönnte er sich. Dieser Sommer war anders als alle anderen zuvor. Er markierte einen Punkt, hinter dem ein Ende lag und auf der anderen Seite ein unbekannter Neubeginn. Gleichsam wie mit dem beginnenden Sommer der Frühling zu Ende ging und der Herbst mit seiner Melancholie zu ahnen war. Die Hitze des heutigen Tages war bereits spürbar. Trotz des dünnen Stoffes seines Anzugs schwitzte er. Er schaute in das Blätterdach der Allee über sich. Zum ersten Mal seit langem nahm er bewusst war, wie sich das Licht der Sonne durch die Blätter brach. An einigen Stellen war das Sonnenlicht so gleißend, dass er geblendet für Sekundenbruchteile die Augen schloss. An manchen Ästen gaukelten die Blätter mit ihrem hellem Grün den Wonnemonat Mai vor. Einige wenige waren bereits gelb und erinnerten an den baldigen Herbst. Doch es war Sommer! Die Sonne schien und es war ein besonderer Sommersonnentag. Sein Tag! Warum hatte er in den vergangenen Jahren das vielfältige Farbenspiel nicht wahrgenommen?

Das Ende der Allee mündete in einen großen, offenen Platz. An der linken Seite erhob sich direkt hinter einem Brunnen ein mächtiges, sandsteinfarbenes Gebäude mit einer breiten Treppe. Damals – es kam ihm vor wie gestern - hatte er ehrfurchtsvoll am Fuß der Treppe verharrt und siegesgewiss nach oben in den Himmel geblickt. Heute berührten seine Füße leichtfüßig die einzelnen Stufen.

Oben angekommen, grüßte er mit einem fröhlichen ›Guten Morgen, Huber‹ nach links; eine ihm liebgewordene Angewohnheit.

»Guten Morgen, Herr Dr. Sander«, kam es vertraut zurück.

Auf dem Weg in sein Zimmer steckte er kurz den Kopf zur Tür seines Vorzimmers herein und grüßte die gute Seele, Frau Braun. In seinem Zimmer angekommen, verstaute er die Aktentasche im Schrank. Dann nahm er auf dem Schreibtischstuhl Platz und blickte auf seinen Schreibtisch. Alles war da: Der Laptop, das Telefon, der Notizblock, der Kalender, seine zahlreichen Stifte und das Bild von Donna. Und doch, etwas war anders: Es lagen keine Akten herum. Alles war aufgeräumt. Zugleich spürte er in seinem Herzen die gleiche Melancholie, die er bereits gestern Abend wahrgenommen hatte. Was sollte er tun? Ohne Arbeit? Einfach nur rumsitzen? Von jetzt an würde es jeden Tag so sein. Nein, korrigierte er sich. Er würde hier nie mehr sitzen. Einem hypnotisierten Kaninchen gleich, das vor einer Schlange saß, beobachte er sein Telefon. Nichts. Stille.

Leise klopfte es an der Tür. Frau Braun schob sich vorsichtig zur Tür rein.

»Störe ich?«

»Nein«, beeilte er sich zu sagen, »kommen Sie herein.«

»Ich habe Ihnen eine Pappschachtel für Ihre Sachen mitgebracht.«

Lächelnd stellte sie sie auf dem Schreibtisch ab und verließ den Raum.

Er blickte auf den leeren Karton. Nach einer Weile öffnete er die Schubladen seines Schreibtisches. Sie waren voll. Er zog den Inhalt heraus. Vieles wanderte in den Mülleimer. Nur wenige Dinge waren es wert, in die Schachtel gelegt zu werden. Ganz obenauf kam das Bild von Donna. Mit ihren langen, grauen Haaren lag sie in lässiger Haltung auf dem Sofa, nein, sie thronte. Eine Donna eben. Ein Bild von einer Katze. Nachdenklich blickte er auf den Inhalt der Schachtel. So wenige Dinge blieben von einem 35-jährigen Arbeitsleben übrig? Sein Blick wanderte im Raum umher und blieb am großen Kaktus in der Nähe des Fensters hängen. Der war noch nicht 35 Jahre alt. Er hatte ihn von seinem Vorgänger in diesem Zimmer übernommen und sich seitdem um ihn gekümmert. Dennoch mochte er ihn nie wirklich. Er hatte anfangs nicht den Mut gehabt, ihn wegzuwerfen und irgendwann war es dafür zu spät. Sollte sein Nachfolger, der Bauer, mit ihm glücklich werden! Der hatte schon lange auf seinen Ruhestand gewartet, um endlich alles übernehmen zu können. Dann kann er den Kaktus gefälligst auch übernehmen. Wie er damals!

Plötzlich klingelte das Telefon. Er schrak zusammen.

»Ich komme.«

Mit steifen Knien erhob er sich und ging in den großen Meetingraum. Alle waren bereits da: Die Kollegen, die gesamte Führungsetage, sogar der Chef von ganz oben aus dem Konzern. Er schien noch immer wichtig zu sein. Wieder kam ihm das Bild des ersten Tages in der Firma in den Kopf: Er am Fuß der mächtigen Treppe. Sie sollte symptomatisch für seine Karriere werden. Er befand sich inzwischen ganz oben. Möglicherweise ging es den anderen nur um das Büffet? Unauffällig schielte er hinüber. Das sah lecker aus. Dafür hatte der Konzern tief in die Tasche greifen müssen. Einer nach dem anderen von den ganz Großen im Konzern hielt eine kleine Rede und dankte ihm für die 35 Jahre Arbeit. Wie alle anderen, die vor ihm in den Ruhestand verabschiedet wurden, erhielt er eine goldene Armbanduhr mit Widmung. Unwillkürlich dachte er an den mageren Inhalt seiner Schachtel. Es ist wirklich nicht viel, das übrig bleibt nach so vielen Jahren. 35 Jahre lang war er tagein tagaus zur Arbeit erschienen, abzüglich Urlaub und den Wochenenden. Halt, das stimmte nicht ganz. Wie oft hatte er an den Wochenenden durchgearbeitet, wenn ein wichtiger Termin anstand oder sogar seinen Urlaub verschoben? Aus der Gruppe der Menschen, mit denen er besonders eng zusammengearbeitet hatte, löste sich Frau Braun. Sie hielt etwas Großes und scheinbar Schweres in beiden Händen. Der Meier ging versetzt neben ihr, so als fürchtete er, sie könne an ihrer Last zerbrechen.

»Wir haben uns gedacht, Sie erhalten von uns etwas Besonderes zu Ihrem Abschied«, begann sie ihre kleine Ansprache.

»Eine goldene Uhr bekommen ja alle. Weil Sie sich immer so liebevoll um Ihren Kaktus im Zimmer gekümmert haben, dachten wir, wir schenken Ihnen einen ganz besonderen. Es ist ein …«

Sie liftete an einer Seite vorsichtig das Papier und versuchte das Namensschild zu lesen.

»Ach, Sie kennen sich ja bestens aus, denn Sie lieben Kakteen und wissen viel eher als wir, um welches Exemplar es sich handelt.«

Sie überreichte ihm das Geschenk.

Zum ersten Mal seit langer Zeit in seinem Leben war er sprachlos.

Er wusste nicht, wie lange er so dastand mit dem Kaktus im Arm. Ihm fiel lediglich auf, dass ihn alle erwartungsvoll anblickten. Irgendwie musste er der Höflichkeit Genüge tun.

«Vielen Dank Ihnen allen. Ich werde mich um ihn kümmern.«

Warum habe ich nicht irgendwann gesagt, dass ich Kakteen hasse, diese kleinen stacheligen Monster? Ich bin so oft an dem in meinem Zimmer hängengeblieben, dass ich das offensichtlich brauche, wie ein Fakir sein Nagelbett.

Auf dem Rückweg hatte er mit der Schachtel und dem Kaktus weder Lust auf den Bus noch auf einen Spaziergang. Er nahm ein Taxi. Daheim mühte er sich, die Haustür mit seiner Last aufzuschließen. Das Papier hatte sich dabei ganz vom Kaktus gelöst.

›Egal‹, dachte er bei sich.

Im gleichen Moment wurde die Tür von innen geöffnet, so dass er fiel fast hineinfiel.

»Was für ein Prachtexemplar! Den habe ich noch nicht in meiner Sammlung«, vernahm er eine Frauenstimme.

»Wirklich?«

Als er seine Balance wieder gefunden hatte, blickte er in ein von Lachfältchen umgebenes, dunkles Augenpaar. Augenblicklich spürte er, wie sich seine noch vor kurzem gefühlte Melancholie auf den Schwingen vieler kleiner Vögelchen entfernte.

✿ *Blüten im Herzen*

Frühling. Ein Mann ging allein durch die Stadt. Er hielt den Kopf gesenkt, denn er hatte kein wirkliches Ziel. Die anderen Menschen auf dem Gehweg wichen ihm aus.

Plötzlich stieg ihm betörender Blütenduft in die Nase. Erstaunt hob er den Kopf, um zu schauen, woher der Duft kam. Er stand vor einem Grundstück mit einem verwitterten Zaun, über den Sträucher ihre Blüten gelegt hatten. Neugierig versuchte er, einen Blick in das Innere des Gartens zu erhaschen. Es war schwierig, denn die Sträucher standen eng beieinander. ›Wie die Dornenhecke bei Dornröschen‹, kam es ihm in den Sinn. Der alte Mann reckte sich und legte den Kopf schief, um an einer kleinen, freien Stelle einen Blick in den Garten zu werfen. Im Garten befanden sich Blumenbeete in den unterschiedlichsten Formen und Farben. Aus jedem quoll die Blütenpracht über. Der alte Mann begab sich wieder in die Mitte des Gehsteigs. Vorsichtig schaute er sich um, ob ihn niemand beobachtet hatte. Dann setzte er seinen Spaziergang fort.

Den nächsten Tag führte ihn sein Weg wie zufällig zu dem alten Grundstück mit der Blütenhecke. Nie hätte er zugegeben, dass er die Straße bewusst gewählt hätte. Wieder wollte er heimlich in den Garten schauen. Wie gestern reckte er sich, um an der freien Stelle eine Sicht in den fremden Garten zu erlangen. Heute jedoch erblickte er auf der anderen Seite ganz nah hinter der Hecke einen älteren Mann. Für einen kurzen Augenblick schauten sie einander in die Augen. Es war unmöglich, sich ungesehen zurückzuziehen.

»Sie haben eine wirklich schöne Blütenhecke«, ergriff er das Wort.

»Ja«, erwiderte der andere. »Darauf bin ich sehr stolz. Möchten Sie hereinkommen und sich den Garten ansehen?«

»Nein. Es tut mir leid. Ich habe keine Zeit.«

Dass die Aussage nicht stimmte, wusste nur er. Er hatte Zeit, mehr als ihm lieb war. Der alte Mann dachte an seinen eigenen Garten. An den Zaun hatte er eine hohe Thujenhecke gepflanzt, um vor fremden Blicken geschützt zu sein. Der vormals grüne Rasen war an vielen Stellen aufgrund der Trockenheit verdorrt. Die Pflanzen in den Blumenbeeten wuchsen eher kümmerlich. Nur hier und da zeigte sich eine Blüte.

Tags darauf wählte er am Morgen den Weg zu dem besonderen Garten. So früh am Tag hoffte er niemanden zu treffen. Doch er hatte sich getäuscht. Sein gestriger Gesprächspartner stand an der Hecke und zupfte die verblühten Blüten aus. Sofort hatte er ihn bemerkt und sprach ihn an.

»Einen wunderschönen ›Guten Morgen‹. Wir haben uns bereits gestern kurz unterhalten. Da hatten Sie es eilig. Heute, so früh am Tag, haben Sie bestimmt Zeit, um einen Blick in den Garten zu werfen. Kommen Sie ruhig herein. Das Tor steht offen.«

Der Angesprochene erkannte, dass es sinnlos war nach irgendeiner Ausrede zu suchen. Er ging zum Tor und trat ein. Im Garten überwältigte ihn der Anblick: Der Rasen war von einem satten Grün, die Wege frisch geharkt und die Blütenfülle in den Beeten schien unermesslich. Schmetterlinge flatterten an ihm vorüber. In den Kirschbäumen stimmten die Vögel ihr Morgenkonzert an. Der andere bemerkte seinen verwunderten Gesichtsausdruck und sah ihn an.

»Ich besitze auch einen alten Garten. Der sieht etwas … anders aus«, wich er aus. »Was machen Sie, dass alles so prachtvoll aussieht?«

»Ich gieße ihn.«

»Das tue ich auch.« ›Wenigstens hin und wieder‹, dachte er bei sich im Stillen.

»Ich habe im Garten nur positive Gedanken und freue mich. Jeden Tag. Worüber haben Sie sich heute schon gefreut?«

»Ich, heute, über gar nichts. Worüber sollte ich mich freuen? Hören Sie keine Nachrichten, was in der Welt alles passiert? Da ist nichts zum Freuen darunter.«

»Sicher kann ich keine Kriege verhindern und allen Menschen Nahrung bieten. Das ist richtig. Doch ich habe jeden Tag in meiner kleinen Welt die Wahl zu entscheiden, wie ich mich fühlen möchte, glücklich sein zum Beispiel. Wenn ich mit einem Lächeln durch die Welt gehe, zaubert es auf das Gesicht der anderen Menschen ebenfalls ein Lächeln. Davon bin ich überzeugt. Heute nach dem Aufstehen habe ich mit meinen

Pflanzen gesprochen und ihnen erzählt, wie glücklich ich bin, dass es sie gibt.«

Ungläubig starrte ihn der alte Mann an.

»Und haben sie geantwortet?«

»Ja.«

Der andere zog die Augenbrauen hoch und legte den Kopf schief.

»Also, wenn wir nicht etwa im gleichen Alter wären, würde ich sagen, das können Sie Ihrer Großmutter erzählen.«

»Wie heißen Sie?«, unterbrach ihn der Gartenbesitzer. »Es lässt sich viel besser miteinander reden, wenn man sich mit Namen ansprechen kann.«

»Breithuber.«

»Das ist witzig. Ich auch. Wie ist Ihr Vorname?«

»Georg.«

»Ich bin Gabriel. Darf ich Sie Georg nennen?«

»Meinetwegen.«

»Also, Georg. Natürlich haben die Pflanzen mit mir nicht so gesprochen, wie wir es gerade miteinander tun«, erwiderte er lachend. »Ich glaube vielmehr, dass sie mir mit der Bildung zahlreicher Blüten und gutem Wuchs antworten. Jeder positive Gedanke erzeugt eine Blüte. Das ist eine wunderschöne Vorstellung. Dafür danke ich den Pflanzen. Sie glauben, dass ich in meinem Alter nicht mehr ganz richtig im Oberstübchen bin?«

Georg antwortete nicht, sondern senkte den Kopf zu Boden.

›Nur gute Gedanken zu haben, mit Pflanzen zu sprechen und ihnen zu danken, das ist nicht normal‹, dachte er für sich.

»Sie glauben vielleicht, dass es nicht normal ist, nur positive Gedanken zu haben, mit Pflanzen zu sprechen und ihnen zu danken«, nahm Gabriel seinen unausgesprochenen Satz auf. »Ich glaube daran. Es ist mein Motto zu leben. Damit bin ich immer gut gefahren.«

Am nahegelegenen Haus öffnete sich eine Tür. Zwei kleinere Kinder stürmten auf Gabriel zu.

»Opa, Opa, spielst du mit uns? Biiittee!«

Jedes hängte sich bei ihm an einer Seite ein und versuchte ihn zu Boden zu ziehen. Der Opa wehrte sich nach Kräften. So gut es ging, versuchte er die Balance zu halten.

»Meine Enkelkinder haben mich auch ständig genervt. Sie ließen mir keine Ruhe. Immer wollten sie etwas von mir«, warf Georg ein.

Gabriel beugte sich zu den Kindern hinab. Kurz darauf verschwanden sie im Haus.

Mit strahlendem Gesicht kam Gabriel auf ihn zu.

»Meine Enkel sind meine größte Freude. Allerdings haben sie zu lernen, dass sie warten müssen, wenn ich gerade keine Zeit habe. Überlegen Sie, was wir den Kleinen aufgrund unseres Alters an Erfahrungen voraushaben. Was wir ihnen alles beibringen dürfen! Wir Alten liegen im Matsch und beobachten mit den Kindern die Molche in einer Pfütze. Niemand schimpft, weil unsere Kleidung schmutzig ist, denn wir haben den Enkeln wichtige Dinge beigebracht. Wir können ihnen Werte vermitteln, die uns wichtig sind. Somit nehmen wir ein klein wenig Einfluss auf die Zukunft. Zudem werden unsere alten Knochen bewegt. Ist das nicht herrlich?«

Sein Gesicht leuchtete und die Wangen waren gerötet.

Georg betrachtete sein Gegenüber. Gabriel sah wirklich wie ein liebevoller Großvater aus: Mit seinem weißen, etwas längerem Haar, den kleinen Grübchen im Gesicht, der ein wenig festeren Statur, den ausgebeulten, jedoch sauberen Cordhosen und mit dem Lächeln, das er stets auf den Lippen trug. Er - Georg - hatte seine Enkel ungefähr drei Jahre lang nicht mehr gesehen. Sicherlich hatten sie ihn manches Mal genervt. Doch im Grunde seines Herzens vermisste er die kleinen Racker. Anfangs hatte seine Tochter Marie öfter angerufen, um einen Besuch zu vereinbaren. Er hatte sich jedoch ständig mit irgendwelchen Ausreden vor einem Besuch gedrückt. Schließlich blieben die Anrufe aus.

»Danke, Gabriel für das Gespräch mit Ihnen. Ich möchte mich verabschieden. Nicht, weil ich es eilig habe, sondern, weil Sie mir einige Denkanstöße mit auf den Weg gegeben haben, über die ich nachdenken muss. Darf ich wiederkommen?«

»Natürlich. Ich freue mich!«

Als Georg das Gartentor hinter sich schloss, nahm er sich vor, gleich morgen seine Tochter anzurufen. Morgen? Warum erst morgen? Gabriel hatte erzählt, dass jeder täglich die Wahl hatte wie er sich fühlen wollte. Er wollte unbedingt wieder Kontakt zu seiner Familie haben. Möglicherweise war es dafür noch nicht zu spät. Das herauszufinden, konnte er gleich heute beginnen. Der Tag war jung. Vielleicht fing er sogar damit an, zu den Pflanzen zu sprechen. Leise natürlich, damit die neugierige Frau Mittermeier von nebenan ihn nicht hörte. Was hatte er zu verlieren? Gar nichts, so wie sein Garten im Augenblick aussah. Eventuell könnten Gabriel und er darüber hinaus Freunde werden. Eines Tages...

Inzwischen stand die Sonne höher am Himmel. Es war warm geworden. Mit erhobenem Kopf ging er in der Mitte des Bürgersteigs nach Hause. Entgegenkommenden Passanten wich er aus.

✩ *Grüße von Pippi Langstrumpf*

»Ich will, ich will, ich will!«

Mia war wütend. Sie stampfte, so fest sie es mit ihren fünf Jahren vermochte, mit dem rechten Fuß auf den Boden. »Ich will aber einen Affen«, wiederholte sie noch einmal energisch. Sie ließ sich bäuchlings auf den Boden fallen und trommelte mit den Füßen auf die Erde.

Ich hatte fast vergessen wie sich ein kleines Kind gebärden konnte, wenn es seinen Willen nicht bekam. Mia war die kleine Tochter meiner Nachbarn, auf die ich manchmal aufpasste. Wir beide waren den ganzen Tag draußen herumgetollt. Damit sie ruhiger wurde, las ich ihr aus einem Buch vor. Momentan hatte es den Anschein, dass ich müder war als sie. Ich betrachtete das kleine, strampelnde Wesen zu meinen Füßen: Mit ihren roten Haaren und den Sommersprossen im Gesicht hatte sie tatsächlich Ähnlichkeit mit Pippi Langstrumpf, der Titelheldin des Buches, aus dem ich vorgelesen hatte. Mia allerdings trug einen Pferdeschwanz, der von einem bunten Haarband zusammengehalten wurde. Mit ihren dunkelblauen Jeans und dem roten Pullover war sie eindeutig ein Kind der heutigen Zeit.

Ich überlegte: Bei meinen eigenen Kindern half es, Wutanfälle zu ignorieren. Interessiert blätterte ich weiter in dem Buch. Nach einer Weile hörte das Trampeln auf. Mia rollte sich auf den Rücken. Aus den Augenwinkeln beobachtete ich sie beim Schneiden von Grimassen. Mit zwei Fingern ihrer rechten Hand zog sie vorsichtig an der Decke des Sofas, auf dem ich saß.

«Schau mal, Anna.» Sie rollte die Augen, schob die Unterlippe über die Oberlippe und kratzte sich mit der rechten Hand am Rücken.

»Geht es dir nicht gut?«, fragte ich besorgt mit unschuldiger Miene.

»Doch. Rate mal, welches Tier ich bin.«

»Ein Hund?«

»Nei-en«, meinte sie lachend sichtlich genervt von meiner Unkenntnis. »Im Raten bist du nicht gut. Jetzt streng` dich an.«

«Oh, ich weiß. Du bist ein Affe, der Affe von Pippi Langstrumpf.« Mia strahlte über das ganze Gesicht. Ich rutschte vom Sofa auf den Fußboden. Mit viel Geschrei begann ich den Affen zu jagen, bis wir beide auf das Spiel keine Lust mehr hatten.

»Ein Hund ist doch viel toller«, meinte sie plötzlich.

»Soll ich dir mehr von Pippi vorlesen?«

»Hmm.«

Gemeinsam machten wir es uns auf dem Sofa bequem. Mia kuschelte sich eng an mich, und ich begann weiter vorzulesen. Bald darauf gähnte sie. Nicht lange danach verrieten mir ihre ruhigen Atemzüge, dass sie schlief. Behutsam trug ich sie ins Bett im Gästezimmer. Ich betrachtete ihr entspanntes Gesicht im Schlaf. Die Ruhe übertrug sich auf mich. Vorsichtig schlich ich aus dem Zimmer und schloss die Tür.

Ich hatte große Lust, alleine weiter zu schmökern.

Beim Lesen fühlte und litt ich jedes Mal mit der Titelfigur. Nicht anders war es bei Pippi. Es spielte keine Rolle, dass sie ein Kind war und ich - sagen wir mal - älter. Nach Aussagen meines engsten Umfeldes benahm ich mich zuweilen sogar wieder wie ein Kind. Unlängst besuchte mich meine erwachsene Tochter. Zur Begrüßung schob ich meinen Lolly in den linken Mundwinkel. Die Begrüßungsworte fielen dadurch undeutlicher als beabsichtigt aus. Meine Tochter blickte mich an, sagte ›Mama‹ und schüttelte gleichzeitig den Kopf. Dabei habe ich mich zu ihrer Kinderzeit bemüht, ihr das Sprechen in ganzen Sätzen beizubringen. Und wäre sie eine Stunde später gekommen, wären meine Worte deutlich artikuliert gewesen.

Ich genoss das Lesen ohne Mia. Lächelnd nahm ich an Annikas und Tommys Freude über Pippis Einzug in die Villa Kunterbunt teil. Mit Spannung folgte ich dem Bruch der Erwartungshaltung der Leser, als Astrid Lindgren sich entschloss, Pippi ihrem Vater nicht in das ferne Land folgen zu lassen.

Pippi Langstrumpf las ich das erste Mal als Kind. So wollte ich sein: So stark, so frech, so unabhängig. Gleichzeitig wusste ich, dass ich mit dem Verhalten bei meinen Eltern nie durchkäme.

Beim Lesen mit meinen eigenen Kindern schlich sich ein Lächeln in mein Gesicht, denn ich begriff: Ein bisschen von Pippi steckte in jedem von uns.

Ich schaute auf. Mein Nacken war total verspannt. Hatte ich wirklich die ganze Nacht im Pippi-Langstrumpf-Buch gelesen? Während des Lesens rutschte ich ins Traumland. Ich war mir sicher, ein Buch zum Thema Lebensfreude geschrieben zu haben. Neugierig schaute ich mich im Zimmer um und sah - nichts. War das der Anfang? Würde ich demnächst ständig vermeintlich unbekannten Menschen begegnen? Nach Erzählungen Dritter schienen die Betroffenen die Vorgänge um sie herum am wenigsten wahrzunehmen.

Durch die Schlitze der Jalousien drang Helligkeit. Ich zog sie hoch und blickte in den Garten. Der Himmel war bereits am frühen Morgen von einem tiefen Blau und die Sonne schien. Einige Vögel nahmen ein Bad in der Vogeltränke. Andere liefen geschäftig durch den Garten und pickten hier und da. Frühstückszeit!

Mia schlief noch. Bald kämen ihre Eltern zurück und holten sie ab. Wie konnte ich danach das Geschenk des heutigen Tages an mich würdigen? Ich könnte zum Beispiel mit dem Rad zum Baden an den nahen See fahren. ›Langweilig‹, schoss es mir durch den Kopf. Was hätte Pippi an meiner Stelle getan? Meine Lippen wurden breit, die Mundwinkel zogen sich nach oben und aus dem Innern bahnte sich ein gewaltiges Lachen den Weg. Yeah! Ich werde meinen Regenmantel anziehen und den Regenhut aufsetzen. Für die Gartenarbeit standen die Gummistiefel meiner Söhne im Keller. Dann nehme ich den linken

Gummistiefel von meinem ältesten Sohn und den rechten von meinem jüngsten. Sie waren unterschiedlich in der Farbe. Gemeinsam war ihnen, dass sie mir herrlich zu groß waren. So bekleidet werde ich mich unter die Gartendusche stellen und den tropischen Regenguss mit einem kleinen Tänzchen genießen. Menschen aus meinem näheren Umfeld werden mich für verrückt halten. Egal! In meinem Alter muss ich mit meinem Tun nicht mehr anderen Menschen gefallen. Und Pippi ... würde mich verstehen!

Bereits als kleines Mädchen wollte ich wie Pippi, Tommy und Annika nicht erwachsen werden. Ich kannte nicht Pippis Krummelus-Pillen. Sehr zum Leidwesen meiner Eltern steckte ich mir dagegen Erbsen in die Ohren. Vielleicht besitzen Erbsen einen versteckten Krummelus-Effekt? Annika dachte bei Pippis Pillen ebenfalls an Erbsen. Ich bin zwar erwachsen geworden, doch in meinem Herzen gibt es einen kleinen Kobold, der manchmal ausbricht und mich mit Spaß ver-rückte Dinge tun lässt. Andere Menschen in meiner Nähe bekommen dann diesen ›Wie - kann - die - nur - Blick‹. Den Blick kennen Sie sicher: Der Kopf der entsprechenden Person reckt sich empor, der Hals ist faltenfrei (ohne Botox-Spritze!), die Lippen werden geschürzt, die Augen schauen von oben herab gleichsam durch die betrachtete Person hindurch mit der unmissverständlichen Botschaft an diese, etwas absolut falsch gemacht zu haben. Vielleicht gab es zu meiner Kinderzeit die Krummelus-Pillen sogar zu kaufen. Möglicherweise hatte ich sie nicht, weil ich in einem kleinen Dorf aufwuchs. Dabei fällt mir auf, dass immer mehr Erwachsene seltsame Dinge tun.

Haben Sie, liebe Leserin, lieber Leser, als Kind möglicherweise Krummelus-Pillen geschluckt und nicht an die seltene Nebenwirkung auf dem Beipackzettel geglaubt? Dass in manchen Fällen - in nur wenigen natürlich - die Kinder zwar erwachsen werden, sich jedoch dabei im Herzen Pippis Lebensfreude und ihre Neugierde auf das Leben bewahren.